# 彼女と彼女の猫

原作 新海誠　著 永川成基

# 彼女と彼女の猫

# 目次

装　画　新海誠

装　丁　松浦竜矢

第一話

# ことばの海

# 一

季節は春のはじめで、その日は雨だった。

霧のような雨が身体に降り注ぐ。僕は歩道の脇に横たわっていた。
通り過ぎるヒトたちは、僕をちらりと見ただけで、足早に離れていく。
やがて僕は、頭をあげる気力もなくなり、片目だけで鉛色《なまりいろ》の空を見あげていた。

あたりはとても静かで、電車の音だけが遠く、雷鳴《かみなり》のように響いていた。
高架《こうか》を行く電車の音は、規則正しく、力強い。
僕はこの音に強い憧《あこが》れを持っていた。
胸の奥から聞こえるかすかな鼓動《こどう》が僕を動かしているのなら、この音はどれだけ大きなものを動かせるのだろう。

それはきっと、世界の心臓の音なんだろう。強く、大きく、完璧な世界。でも僕はその一部になんてなれない。


細かい雨粒が、音もなく同じ速度で落ちてくる。僕は段ボール箱の底に頬《ほほ》を張りつかせたまま、ゆっくりと上昇していくような錯覚《さっかく》に陥《おちい》った。

空の彼方《かなた》へ、どこまでものぼっていく。

やがて、ぷちん、と音がして、僕はこの世界から切り離されてしまうのだろう。


はじめ、僕を世界につなぎとめていたのは、母親だった。

母は温かく、優しく、僕の望むすべてを与えてくれた。

今はもう、いない。

どうしてそうなったのか、どうして僕が段ボールの箱の中で雨に打たれていることになったのかは、覚えていない。

僕らは、何もかもを覚えておくことはできない。覚えておくのは本当に大事なことだけだ。でも、僕には覚えておきたいものなんか一つもなかった。

やわらかい雨が降り注ぐ。

空っぽの僕は、ゆっくり、ゆっくりと、灰色の空へのぼっていく。

そして僕は目を閉じ、自分が世界から永遠に切り離される、その決定的な瞬間を待った。


電車の音が、大きくなった気がした。

まぶたを開くと、ヒトの女性の顔があった。大きなビニール傘を差して、上から僕をのぞき込んでいる。

いつから、いたんだろう。

女性はしゃがみ込み、ひざの上にあごをのせて、僕を見ていた。彼女の額《ひたい》に長い髪が垂《た》れる。電車の音が傘にぶつかるせいで、いつもより大きく聞こえる。


彼女の髪も僕の身体も重く湿り、あたりは雨のとてもいい匂《にお》いで満ちた。


僕は苦労して首を持ちあげ、両目で真っすぐに彼女を見た。

彼女の瞳が揺れている。一瞬だけ目をそらし、それから意を決したように、しっかりと僕を見つめる。僕らは、そうして、しばらくの間見つめ合っていた。


地軸は音もなくひっそりと回転し、彼女と僕の体温は、世界の中で静かに熱を失い続けた。

「行こうか。一緒に」

氷のように冷え切った彼女の指先が、僕の身体に触れた。彼女は僕を軽々と抱きあげる。上から見おろす段ボール箱は驚くほど小さい。彼女はジャケットとセーターの間に僕を包み込んでくれた。彼女の体温は、信じられないくらい温かかった。

彼女の鼓動が聞こえた。彼女が歩き出し、電車の音が追い越していった。僕と彼女と、世界の鼓動が、同時に動き出した。

その日、僕は彼女に拾われた。だから僕は、彼女の猫だ。

社会はほとんど言葉でできている。

そう思うようになったのは、就職して社会に出てからだ。「これをやっておいて」とか「ナントカさんに伝えておいて」とか。あやふやで、すぐに消えてしまう言葉のやりとりだけで、仕事が進んでいく。みんな当たり前のようにしているけれど、私には、ほとんど奇跡みたいなことに思える。

私は書類のやりとりが好きだ。きちんと形になって残るから。周りが面倒くさがるこの手の仕事を率先してやるおかげで、今の職場では重宝《ちょうほう》されている。人より書類に向かっている方が楽だ。喋《しゃべ》るのは得意じゃない。すぐに話す内容が尽きてしまう。私の友達は、みんなよく喋る。短大時代からの友達の珠希《たまき》と話していると、次から次に気の利いた言葉が飛び出してきて、私はいつも大笑いする。

私が何も感じない景色から、珠希は次々といろんな意味を見つけ出してくる。まるで私の目に見えないものが見えているみたいだ。珠希はすごいな、と思う。

私は、たくさん喋る人が好き。

私の彼はノブという。一つ年下で、とてもたくさん喋る人だ。保険会社の仕事のこと、エスエフ映画や電子音楽のこと。中国の古い戦争のこと。いろいろな話をしてくれる。おかげで、保険のシステムや、武将の名前に詳しくなってしまった。

珠希は、外にあるものを言葉にするのが上手くて、ノブは自分の中に蓄えたものを言葉にして取り出すのが上手だ。私はそのどちらもできない。

春になると、はじめて部屋を借りたときのことを思い出す。こんな雨の日は特に。

一人で不動産屋を回って、おそるおそる判をついて契約をした。はじめての一人暮らし。引っ越しの日は今日みたいな雨で、珠希が手伝いに来てくれた。そのとき、珠希が連れてきた後輩の男の子が、ノブだった。

二人に手伝ってもらって荷ほどきをして、棚を組み立ててから、近くの定食屋さんで食事をした。

友達と男の子に引っ越しを手伝ってもらって、一緒に食事をするなんてシチュエーションがはじめてで、まるでドラマの中の出来事みたいに現実感がなくて、それを上手く言い表せずにいると、珠希がこう言った。

「こういうのって、学生時代を思い出すね」

ノブが笑った。

私も笑顔を作りながら。普通の人は、こういうことを、とっくに済ませてきたんだと知った。

結局、一人暮らしをしたくらいじゃ、自分は何も変わらない。


引っ越しからしばらくして、ノブが一人で家に来た。

洗濯機をつなぐ蛇口《ぐち》がガタガタで、ホースをつなぐ部分からしょっちゅう水漏れしていた。それを珠希に愚痴《ぐち》ったら、珠希の計らいでノブがやって来たのだ。

てっきり珠希が来ると思っていた私は戸惑ったけど、ノブはホームセンターでいろいろ買い込んできてくれて水漏れは無事に修理できた。私は水道の元栓を閉めるということも知らなかった。

こういう男の人が、ずっとそばにいてくれたらうれしいだろうな。そう思った私は自分でも驚くほどすんなりと、その気持ちを伝えることができた。

あんなに素直に自分の気持ちを出せたのは、あれがはじめてだった。

ノブはその日、うちに泊まっていった。

言葉は世界を変えるのだと思い、それが少し怖くもあった。

私たちは毎週のように、私の部屋で会うようになったけど、ノブの仕事が急に忙しくなり、会う機会は減っていった。

私は、彼のことを恋人だと思っている。

彼が私のことをどう思っているのか、わざわざ言葉にしなくても、通じ合ってると思いたい。

小学生の頃、回し読みしていた雑誌の少女漫画は、いつも恋人ができたところで終わってしまった。恋人ができれば女の子は幸せになれる。でも、現実はそこでは終わらないことを知った。

恋人がいた方が、いなかったときより余計に寂しくなることがある。

今日、ノブと会うのは三ヶ月ぶりだった。久しぶりにノブと会えた。春の雨の中を並んで歩く。彼は変わらずおしゃべりで、優しかった。

彼の言葉に身をまかせて、漂《ただよ》うのは気持ちいい。けど、一人になると不安が押し寄せてくる。まるで、足のつかない海で泳いでいることに気づいたときみたい。

『私たち、付き合ってるよね』

その一言がどうしても言えない。二人の関係を終わらせる答えが返ってきたら、私はきっと溺《おぼ》れてしまう。

私は今日も、人工衛星のように、本当に聞きたい言葉の周りをぐるぐる回って、彼の言葉に相槌《あいづち》を返す。

まるで、小学生だと思う。こういうことを小学生のうちに済ませておかなかったから、こんなことになってるのかも知れない。

結局、本当に聞きたいことを、彼は決して言ってくれないのだ。

彼の職場の近くで、別れた。次に会えるのはずいぶんと先だろうな、と思った。

駅に着いて、いつもと違う道で帰った。遠回りだけれど、春先の冷たい雨の中を、歩きたい気分だった。

そこで私は、猫と出会った。

## 二

彼女の部屋は、彼女の匂いがして、とても落ち着く。

彼女と過ごしたはじめての朝、こんなに暖かい場所で目を覚ましたことはなかったので、僕は驚いた。彼女はもう起きていて、コンロで湯を沸かしていた。

やかんの口から噴き出す蒸気を眺めていると彼女が「おはよう」と言った。

彼女がさっとカーテンを開ける。朝焼けに雲が染まって、とてもきれいだった。

彼女の部屋は、坂の上にあるマンションの二階で、高架を行く電車を見ることができた。

僕はこのときはじめて、あの音を鳴らすのが、この電車なのだと分かった。

僕はその感激を伝えたくて、彼女に言うと
「うん。よかったね、チョビ」

彼女が微笑《ほほえ》んだ。

チョビ？

「あなたの名前、チョビ」

それが、彼女が僕を名前で呼んだ最初。

チョビ。僕はその名前が気に入った。彼女がつけてくれた名前。僕はこの朝のことを、ずっと覚えておこうと思った。


僕は、すぐに彼女を好きになった。

彼女はとても美しく、優しい。彼女は僕に見られていることに気がつくと、表情をふわりと溶かして、そっと微笑んでくれる。

彼女は、自分が食事を取る前に、僕の食事を用意してくれた。

ミルクの皿と、缶詰、歯ごたえのあるカリカリしたキャットフード。

僕がミルクを舐《な》めていると、彼女は僕の隣にしゃがんで、温かいミルクの入った白くて大きなマグカップを両手で持つ。僕と彼女は並んで、同じものを飲む。

彼女の動きは落ち着いていて優雅で、僕は彼女のそばにいると穏やかな気持ちになれた。

僕は出された食事を半分だけ食べると（残りは何かあったときのために残しておけ、と本能が告げるのだ）彼女の隣でお腹を見せてごろんと転がる。彼女がゆっくりとお腹の毛を撫《な》でて、僕は満足して尻尾《しっぽ》を揺らす。

僕は床に寝そべった彼女のお腹にのぼるのが好きだった。彼女はそういうとき、たいてい何かを読んでいて、そんなときはだまって僕の背中を撫でてくれる。

彼女が洗濯をするのを見るのも好きだ。彼女の脱いだ服は、彼女の匂いがして、その中に潜り込むと僕はうっとりとした気持ちになった。

彼女が洗濯物を干すのも好きだった。一緒にベランダに出て、洗濯物を広げる彼女と一緒に、大きく広がる青空や、歩道を行くヒトや、クルマを眺める。

僕の寝床には、彼女のセーターがあって、僕はその上で眠る。彼女とはじめて会ったときに着ていた白いセーターだ。

彼女の部屋に来てはじめのうちは、覚えてない夢のせいで、夜中に鳴き声をあげて目を覚ますことがあった。そんなとき、彼女は隣にいて、そっと僕を撫でてくれた。

彼女はとても優しくて、温かい。

彼女は自分の食事を自分で作る。

僕は、彼女が味噌汁を作るのが好きだった。煮干しをもらえるから。彼女が冷たい豆腐を食べるのも好き。鰹節《かつおぶし》を、缶詰の上にかけてもらえるから。

彼女は料理をしながら、いろんな歌を口ずさむ。彼女の歌声が、僕はとても好きだった。

「チョビ」

いつも彼女は僕のことを、そう呼ぶ。その名前を通じて、僕は彼女と結びつき、彼女を通じて世界と結びついている。

毎朝、きちんと同じ時間に起きて、同じ手順で朝食を用意し、同じ番組を見て、同じ時間に仕事へ出かける。

一人暮らしをはじめてから、私は規則正しく生活を送ることに、喜びを感じていた。自分がコントロールできるものがあると知ることは、心を穏やかにする。

チョビが来ても、生活にたいした変化はなかった。実家で犬を飼っていたときは、雨の日も雪の日も散歩に行きたがって大変だったけど、猫というのは手のかからない生き物だ。

今日も目覚ましが鳴る一瞬前に目が覚めて、目覚ましを止める。部屋の中に、チョビがいるのを感じる。私は枕元の体温計を取って、基礎体温をはかった。ノブと付き合いはじめてから、基礎体温表をつけるようになった。一度習慣になってしまうと、はからないでいるのも気持ち悪いし、これまで記録してきたことが無駄《むだ》になってしまいそうだった。

大きな窓から差し込む朝日に照らされながら、朝食を作る。小さなおむすびを、多めに握る。あまった分はお弁当用だ。

チョビと一緒にミルクを飲み、それからパジャマを脱いで、仕事着に着替える。私のパジャマと格闘するチョビを見ていると、時間を忘れそうになる。

鏡の前で化粧をする彼女の横顔を眺めるのが僕は好きだ。慣れた動作で、小さな道具を広げ、順番に使っていく。彼女は何事もきちんとしている。広げた道具を、元にあった場所に戻して、最後に香水を使うと、部屋中に香りが広がる。

彼女の香水は、雨に濡れた草むらの匂いがする。

テレビの天気予報が、今日の天気を知らせる。

毎朝、この番組が終わると同時に、彼女は部屋を出ていく。

僕は朝、部屋を出ていく彼女の姿がすごく好きだ。

長い髪を束ねて、髪と同じ色のジャケットを羽織って、高いヒールの靴を履く。

僕は玄関でその姿を見ている。

玄関でしゃがんだ彼女は、僕の頭に手をのせて、

「じゃあいってくるね」

と声に出して、背筋をぴんと伸ばし重い鉄のドアを開ける。

ドアから朝の光が差し込んできて、僕は目を細める。

いってらっしゃい。

彼女は、気持ちのいい靴音を響かせて、光の中へ出ていく。

僕は頭の上に置かれた彼女の手の余韻《よいん》を感じながら、外階段をおりる彼女の靴音が遠ざかっていくのを聞く。

彼女を見送った後、僕は椅子《いす》にのぼって、ベランダ越しに高架を行く電車を眺める。もしかしたら、あの中に彼女がいるのかもしれない。

心ゆくまで電車を眺めて、僕は椅子から跳びおりる。

部屋にはまだ、彼女の香水の匂いが残っていた。僕はその匂いにつつまれて、もう一度眠った。

満員電車に揺られながら、チョビのことを考えていた。

チョビは眠っていたり、何かに夢中になっていたりするときはこっちがどんなに呼んでも知らんぷりなのに、自分が構ってほしいときは、いきなり寝転がってお腹を見せる。

そんなチョビをそしらぬ顔でまたいでやると、そこからタタッと走って、また私の前で寝転がってお腹を見せる。それが、たまらなくかわいらしい。

ふと微笑が漏れて、あわてて表情を引き締める。この電車は同僚や学生たちも使っている。間抜けな顔を見られるのは恥ずかしい。

家に、私を待っていてくれる存在がいるって、いいな。

電車のドアの上に貼られた、結婚案内所の広告が目に入った。

結婚をする喜びというのは、こういうことなのかもしれない。猫で満たせる喜び。

同級生には、もう結婚してる子もいる。卒業と同時に、学生時代の彼氏とゴールインした。その子から実家に届く年賀状には、小さな赤子を抱いた彼女と、彼女の夫が写っていた。

私は、それをノブと自分に置き換えた想像をしてみて、あまりの現実味のなさに、苦笑する。

付き合ってるかどうかも聞けないのに、結婚してなんて言えるわけがない。それとも、子どもができてしまえば結婚してくれるのだろうか。

それ以前に、私は結婚がしたいのだろうか。

私は年を取って、猫だらけになった部屋に住んでいる自分を想像した。

車内のアナウンスが流れ、乗り換えの駅が近づいてきた。

精一杯背筋を伸ばして、私は電車をおりる。

私は、美術・デザイン系の専門学校で事務をしている。職場に着いて、自分のデスクに座る。

職業柄、書類やかさばる資料が多い。同僚のデスクから資料がはみ出して、私のペン立てを倒していた。それを指摘するのもなんだか心が狭いと思われそうで嫌だ。そもそもデスクが狭いのがいけない。そう自分に言い聞かせて、私はコンピューターの電源を入れた。


眠りから覚めた僕は大きく伸びをして、散歩に出かけることにした。

ガスストーブか何かを取り付けるときのために開けられた壁穴を通って、ベランダに出る。外に出たがる僕のために、彼女が工夫してドアを付けてくれたのだ。

「大きくなったら通れなくなるかも。そうしたらそのときに考えよっか」

彼女はそう言ってくれたけど、僕らは彼女が思っているより狭いところを自由にくぐり抜けられるから、当分は大丈夫だ。

今日は天気がいい。気持ちのいい風が吹いている。ベランダの手すりの隙間《すきま》から、電車と道路を行くクルマとヒトの流れを眺める。世界が動いているのを確認してから、隣と、その隣のベランダを伝って、外階段へ出た。

外はたくさんの匂いであふれている。土の匂い、風が運んでくる他の生き物の匂い、どこかの台所の匂い、排気ガスとゴミ捨て場の匂い。

地面に立った僕は顔をあげて、彼女が住む部屋を見あげる。背の高い建物に挟まれた、二階建てのマンション。同じ形の窓が並んでいても、彼女の部屋だけが特別に見える。

マンションの周りをぐるりと回る。僕たち猫は、縄張《なわば》りを持っている。彼女のマンションの周りが、僕の縄張り。あちこちで匂いを嗅いで、他の猫たちが近づいていなかったかどうか確かめて、僕の匂いをつけておく。

正直言って、僕自身は縄張りにこだわる方ではないのだけれど、猫の本能だからやらずにはいられない。

いつもはこれで朝のパトロールは終わり。でも、このあたりに慣れてきた僕は、少し縄張りを広げようと思い立った。

広げる先は高架の反対側、坂道の上の方。そちらからは他の猫の匂いが流れてこなかったから。

縄張りは広い方がいい。それが僕らの本能だ。けど、他の猫と面倒なことになるのはごめんだ。

車にひかれたり、他のヒトにちょっかいをかけられないように、なるべく高いところか、狭いところを歩く。塀の上とか、植え込みの下とか。

やがて、庭から緑があふれている一軒家に僕は辿《たど》り着いた。

このあたりに他の猫が居着いていない理由は、すぐに分かった。大きな犬がいたせいだ。

その犬は見るからに年寄りで、耳が長く、白と黒のぶちの毛皮をしていた。

犬は基本的に、僕たち猫を歓迎しない。この場を立ち去ろうとすると、よりにもよって、犬の方から声をかけてきた。

「久しぶりだね、シロ」

その声があまりに暢気《のんき》なので、僕は大きく瞬きをしてしまった。大型の犬にありがちな、偉そうな感じはしない。

「……こんにちは」

おずおずと返事をする。

「相変わらず、美女に磨きがかかってるね」

美女だって？　犬は僕たち猫が男か女かなんて区別がつかないらしい。

「えーと、僕は男ですけど」

ちょっとムッとした声で、僕は答えた。もちろん、犬にきちんと首輪が付いているのは確認済みだ。

「そうかそうか」

気を悪くしたふうでもなく、犬は続ける。

「じゃあいい男だ」

と、心にもないようなことを言った

「ありがとう」

素直にお礼を言う。なんだか変な犬だ。好奇心をひかれた。

「僕はシロじゃなくて、チョビっていうんです」

犬が大きく目を開いた。

「そうか、チョビ……シロじゃないのか。勘違いして悪かったね。このあたりはシロの縄張りだったから」

それを聞いて、ガッカリした。先客がいるのは面白くない。

「でも、ここに猫はいないよ。匂いがしないもの」

「そりゃそうだ。猫が寄りつかないように、私が守ってるからね」

犬は妙なことを言い出した。

「犬が猫の縄張りを守るなんて、聞いたことない」

「約束したんだ。シロと」

「じゃあ、そのシロって猫はどこに行ったの？」

「近頃めっきり見ないね。最後に見たときは、大きなお腹をしてたけど」

ああ。さすがに僕も、それで察しがついてしまった。

僕とそっくりな、真っ白い猫——。

「ならきっと、僕の母親だ」

しぼり出すように言った。僕がひとりぼっちになったのも、坂の上に猫の匂いがしないのも、一つの同じ原因だ。もう、シロはいない。

犬は大きく息を吸うと
「ジョン」

と、言った。

「ジョン？」

「私の名前だ。これから大事な話をする。君は知っておいた方がいいと思ってね」

ジョンが改まった口調で言った。

「分かったよ。ジョン」

「チョビ、君はシロにたくさん甘えたかい？」

「覚えてない。そうだったらいいな、とは思うけどね」

「そうか……」

ジョンはしばらく言葉を切った。

「シロと私は、恋人のようなものだった」

ジョンの話はすぐに、別の話題に切り替わってしまう。

「コイビト？」

僕は尋ねた。

「美しい、と思う女性は、皆、私の恋人なんだよ」

「はぁ」

「シロは君と同じきれいな白い毛をしていた」

ジョンはうっとりとした声で言った。

「ありがとう」

僕の毛皮がきれいなのは、僕の彼女がきれいにしてくれるからだ。

「シロは産まれてくる君や、君の兄弟のことを気にしていた」

それを聞いて、ちょっとだけ胸が熱くなった。

「これからは、チョビ、君がここの縄張りを守るといい」

「いいの？　僕が？」

「きっと、シロも喜ぶ。シロが生きた証にもなる」

「ありがとうジョン」

「美しい恋人のためだよ」

ジョンは、ふわあ、と大きなあくびをした。

「また、いつでも遊びに来たまえ」

話は終わりらしい。前足を枕に、ジョンは眠ってしまった。

僕はとことこと、坂をくだりながら、不思議なものだな、と思った。

あのとき、世界から切り離されようとしていた僕は、彼女に助けられ、なんとか、生き延びることができた。それから気まぐれに歩いて、偶然ジョンと出会って……母の話を聞き、縄張りを受け継ぐことができた。

世界から切り離されようとしていた僕だったのに、またこの世界に噛み合っていくのを感じる。

僕はまた、世界に帰ってきたのだ。

昼休み。自分のデスクでお弁当を食べた後、職場の近くの小さな喫茶店に入った。ここは少し値段が高くて、学生が寄りつかないからリラックスできる。

コーヒーを注文した後、私はまだ、ノブにチョビのことを話してないことに気づいた。

普段、私の方からは滅多《めった》に電話をかけない。ノブはいつも忙しそうだけど、それだけが理由じゃない。私は怖かった。話が続かなくなって、余計なことを言って、そのせいで嫌われてしまうのが。

でも、チョビのことならいくらでも話せそうだ。

ノブは猫が好きだろうか。それとも、嫌いだろうか。

そんなことも知らなかった。あれだけ、たくさんの話を聞いてきたのに、そんな話は一度もしなかった。

携帯の着信履歴から、ノブに電話をかける。日付は結構前だ。以前は、一日に何度も電話をしていたのに。しばらく呼び出し音が続いた後、不在着信に切り替わった。

「只今、電話に出ることができません。御用の方は……」

急に気持ちがしぼんでしまった。私は何もメッセージを残さずに、電話を切った。

ふぅ、とため息をついて、喫茶店のソファに深く身を沈める。

携帯が震動して、あわてて画面を見ると珠希からのメッセージだった。

絵文字をたくさん使ったハイテンションな文面で、ゴールデンウィーク、遊びに行くヨ！と書かれていた。

強引なところも珠希らしい。待ってます……と返事をする。それだけではなんなので、チョビの画像を送った。

ウェイターがコーヒーを運んできた。私は一口だけ飲んでから、思い切ってノブにメールをすることにした。ノブからメールは滅多に来ない。伝えたいことがあれば、喋りたい人だから。

《猫を拾いました。チョビといいます》

しばらく考えて、結局芸のない文章になった。チョビの画像も添付する。自分の画像も送ろうかと迷って、やめた。

チョビの画像は、お腹を見せている画像ばかりだった。

彼女はいつも、決まった時間に帰ってくる。

外階段のコンクリートを、ヒールが叩く音が聞こえると、僕は玄関に駆け寄って、彼女を待ち構える。やがて、重い扉を開けて、彼女が現れる。

「おかえり」

僕は鳴く。

「ただいま」

彼女は靴を脱ぎながら、僕の頭を撫でる。時にはそのまま抱き抱えてくれることもある。外から帰ってきた彼女は、いろんな匂いをまとっている。

他のヒトの匂い、僕の行ったことがない場所の土の匂い。知らない空気の匂い。僕は彼女が持ち帰ってきた様々な匂いを気持ちよく嗅いで、僕の頭の後ろを、彼女の足首にこすりつける。薄れてしまった自分の匂いをつけ足すのだ。

今日はたくさん話すことがある。

ジョンと会ったこと、母親の縄張りのこと、彼女から新しい匂いがすること。

彼女は僕の話を聞きながら、夕食用の缶詰を開けて、キッチンに立った。

缶詰を食べながらも、うにゃうにゃ、母親のことを話していると、彼女の携帯が鳴った。


ノブかも知れない。

私は火を止め、菜箸《さいばし》を戻してから、携帯を取った。残念ながら、画面に表示されているのは、母親の名前だ。

「もしもし」

チョビはバリバリと大きな音を立てて、段ボールの爪研《つめと》ぎで爪を研いでいる。電話に驚いたのか、ちょっと不機嫌だ。

「あら美優《みゆ》ちゃん、浮かないわね」

ノブじゃなかったという落胆が、母親に伝わってしまったのかもしれない。

「別に」

「あー、彼氏かと思ったらお母さんだったんで、ガッカリしたんでしょ」

そんな直球でこられては、どう言葉を返せばいいのか分からない。

私が黙っていると、

「ちょっと、いつの間に彼氏できたの。お母さんに紹介しなさいよ。ね、いい男？」

「そんなんじゃないって」

「ま、いいや。それでゴールデンウィークどうするの？」

「悪いけど、友達が来るんだ」

「ああ、彼氏が」

「友達だって。短大のときの珠希！」

「あー、タマちゃんね。あはは！　私はいいけど、父さん寂しがってるから、たまには顔出しなさいよ」

「うん」

「お米足りてる？」

「足りてる」

「ウソ、送っちゃった」

送る前に聞いてほしかった……。

「何か欲しいものある？」

「別に」

「あ、そ。じゃあね」

母が電話を切った。いつもながら、人の話を聞かない母親だ。あの母親から、なんで私みたいな子が産まれるのかが不思議だ。それでも少しだけ、気が紛れた。母から元気を分けてもらった気がする。

その勢いで、ノブに短いメールを送った。

《GWの予定はどうですか?》

うどんを茹でている途中で、メールの返信があった。

《ごめん仕事》

たった五文字。チョビの画像には反応がない。

はぁ。ため息が漏れる。

火を点けたり止めたりしたせいで煮過ぎてしまったうどんに、パック入りの鰹節を半分かけて、残りをチョビの皿の上のネコ缶に振りかける。

その匂いに、チョビは大喜びした。今日は大サービスだ。

携帯で撮った写真を整理していると、ノブと二人で撮った写真が出てきた。日本一有名なテーマパークでマスコットと一緒に撮った写真。

見つめていると、気が滅入ってきた。

チョビが、膝の上によじのぼってきて、机と私の間から顔を出す。

「これが私」

写真の中の私は、なんだか場違いなところにいるような表情をしている。

「それで、こっちが私の恋人」

チョビには、そう言い切ることにした。チョビは不思議そうに、私の写真を見つめていた。


夜、見回りの時間が来て、僕は目が覚めた。彼女はまだ起きていて、小さな明かりの下で携帯を操作している。彼女が夜更《よふ》かしをするのは珍しい。パジャマには着替えていたから、きちんとお風呂には入ったみたいだ。

僕は彼女を邪魔しないようにそっと彼女の部屋を見回ると、異常がないことを確認して、水皿の水をちょっとだけ飲んで、夕ご飯の残りを平らげてから、彼女の膝《ひざ》の上によじのぼる。

「やっぱりやめた」

彼女はそうつぶやいて、携帯で打っていた文字を消した。

見あげた彼女は、夕食のときに、見せてもらった写真の中の彼女と同じ顔をしていた。どことなく強張《こわば》った笑顔。

僕も字が読めるようになりたい。そう考えながら、僕は彼女のセーターが敷かれた寝床《ねどこ》に入って、眠りについた。

三

ゴールデンウィークに、珠希《たまき》が遊びに来た。

旅行に行こうかという話もあったけど、うちには猫がいるから、私の部屋に泊まってもらうことにした。

私が料理を作り、缶ビールで乾杯した。珠希が持ってきたＤＶＤを観ながら、たわいもないことをたくさん喋った。

チョビはすぐに珠希にも慣れて、お腹を撫でられていた。

「浮気性だね〜」

そう言って珠希は笑った。

「持つべき者は友達だねぇ……」

私がそう言うと、

「男なんて！」

いきなり珠希がやさぐれはじめた。意中の男の子がかなりの鈍感で、珠希の気持ちになかなか気づいてくれないらしい。

そういえば、珠希にはまだ、ノブの話をしていない。正式に付き合ってるってことになったら報告しようと思っていたのだけれど、その確証がないままずるずると今にいたり……結局言い出せないままだ。

珠希が泊まっていったのはたった一日だったけど、私は一ヶ月分くらい笑った。珠希のおかげで、近頃のもやもやした気分は吹き飛んで、ちょっと頑張れるようになっていた。


学校に一人、ハッとするくらい、いい絵を描く子がいる。

ベテラン講師の話では、年に一人か二人、あからさまな才能を持つ子が入学するのだという。その子は麗奈《れいな》といって、現実にはない色彩で、自然物を描くのが上手い子だった。

私は彼女が提出する課題を、いつも楽しみにしていた。

ただ、課題は出すものの、講師や他の学生からの評判はよくない。授業態度が悪いせいだ。

「ねぇ、美優《みゆ》さんって、彼氏いる？」

麗奈は、まるで私の友人のような口の聞き方をする。同僚によれば、なつかれている証拠らしい。

「ノーコメント」

ここでうろたえない程度には、私もこの仕事に慣れていた。

「雅人《まさと》って美優さんのこと好きなんじゃないかなー？　前の課題の絵、美優さんにそっくりだったし」

麗奈は同じクラスの男の子の名前を出した。こういうところは子どもだな、と思う。

「いいから、早く課題出してね」

「はぁい」

麗奈から受け取ったデッサンの課題は、相変わらず見事だった。

麗奈が教室に戻った後、ふと気になって、雅人くんの描いた課題をチェックした。それは、私というより、むしろ麗奈に似ているように思えた。

ベテラン講師の鎌田《かまた》先生が麗奈の課題を手に取った。

「才能は伸ばすよりもね、消さない方が難しいんですよ。宮沢賢治の詩にあるでしょう、すべての才や力や材というものは人に留まるものでない……」

鎌田先生は遠い目をして、

「人さえ人に留まらぬ。そういうものです」

そう付け足した。

その言葉が、私にはやたらと重く聞こえた。

夏が来て、僕にもガールフレンドができた。

仔猫のミミだ。

ミミを見つけたのは、散歩の途中。僕の縄張《なわば》りを歩き回っていた。僕より小さな猫は珍しかったから、ミミを追い払うのもかわいそうで、放っておくことにした。そのうち、どこかへ行くだろう。

次の日から、ミミは僕の散歩についてくるようになってしまった。夏の強い日差しを避けるように、影から影を縫うように歩いていると、ミミはいつの間にか、ぴったり僕についてくるのだった。

僕は関わり合いになるのがイヤで、何も言わずにいた。

ジョンのいる家に近づくと、木々に止まった蝉《せみ》が一斉に鳴きはじめて、ぼくはちょっとだけ怯《ひる》んだ。

「ねぇ、あれは、なんの声だか知ってる?」

ミミが尋ねた。

「ただの虫の鳴き声だよ」

僕がそう答えると、

「ブッブー」

うれしそうにミミは否定した。

「じゃあなんなの」

「あれはね……雨を呼ぶ声なんだよ」

秘密を打ち明けるみたいに、ミミは言った。

「嘘だあ」

「じゃあ、確かめてみようよ」

僕は、ミミと並んで、雨が降るのを待ち——。

やがて、本当に雨が降り出した。

「私の勝ちね。じゃあ言うこと聞いて」

「勝ちとか負けとか、そんな話をした覚えはないよ……」

「いいの。私が勝ったんだから、明日も一緒に遊んで」

ミミは身体をこすりつけてきた。僕はぴょん、と跳んでミミから身体を離す。

「わ、分かったよ」

「絶対だよ」

次の日も、僕はミミと散歩をして、蝉が鳴いて、雨が降った。

なんてことはない。夏の夕立なんて珍しいものではないのだ。その次の日も、ミミは僕が散歩に出かけるのを待っていた。

ミミは、甘えるのがとても上手だ。

ある日のこと。ミミは僕を連れて、古い木造のアパートに向かった。

他の猫の縄張りのそばを通るのは緊張したけど、ミミは平気そうだった。

建てつけの悪い雨戸が開いて、若い女のヒトが顔を出した。化粧っ気のない顔で、髪も短い。少し、苦手なタイプだった。

「あんた、また来たの？」

ヒトが近づいてきた。僕はあわてて、近くに停まっていた車の下に潜《もぐ》り込んだけど、ミミはへっちゃらだった。

「紹介するわ、麗奈よ」

麗奈は、ちょっと待ってな、と言うと、奥から何かを持ってきた。缶詰に入っているけど、僕がいつも食べているものとは全然匂いが違う。

「はい、ご飯。仲良く食べな」

僕はミミに分けてもらって、おそるおそる、缶詰を食べた。彼女以外のヒトからご飯をもらうのははじめてだった。その缶詰は油濃くて、鳥のような魚のような、食べたことのない味がした。

帰り道、僕らは大きな鉄塔《てっとう》のそばを通って、鉄塔に鳥が巣を作っているのを見つけた。

「ねぇ、獲って」

ミミが、鳥を見つめて言った。

「獲ってどうするのさ」

お腹は十分ふくれている。

「だって獲りたいもん」

ミミは尻尾《しっぽ》を大きく揺らしている。ものすごくやる気だ。

「あんな高いところ、届かないよ」

「けちんぼ」

ミミは子どもだ。僕は挑発を無視することにした。

「知らない！」

そう言ってミミは帰ってしまった。やっぱり、僕は大人っぽい女のヒトの方が好きだ。


また別の日。散歩の途中、日陰のひんやりしたコンクリートの上で涼《りょう》を取っていると、ミミがじゃれついてきた。ミミは所構わずじゃれついてくる。

「ねえ、チョビ」

「何？　ミミ」

ミミが僕にのぼってきた。ごろんと転がる僕。

「ケッコンしようよ」

「ねえ、ミミ、何度も言ったけど、僕には大人の恋人がいるんだ」

僕は、彼女の姿を思い出しながら言った。

「嘘」

「嘘じゃないよ」

僕はミミの下になりながら、そう答える。

「会わせて」

「ダメだよ」

僕は彼女の猫なのだから。

「どうして?」

「ねえミミ。何度も言ったけど……こういう話はもっと君が大人になってからすべきだと思うんだ」

ミミはまだ小さい仔猫だ。

「けちんぼ」

ミミはイライラと尻尾を振った。

「ミミにも飼い主がいるじゃないか。そういう感じだよ」

「麗奈は飼い主じゃないわ。ご飯をくれるだけ」

「じゃあ、どういう関係？」

「分かんない」

そんなたわいのない話を続ける。

抜けるような青空の向こうに、大きな白い入道雲が立ちあがってきた。

蝉の声は今日も盛大に鳴り響いている。ミミが濡らした前足で、顔をぬぐう。いつの間にやら僕たちは、雨が近づいているのが、なんとなく分かるようになっていた。

「雨が降る前に帰らなきゃ」

「また遊びに来てね」

すごく寂しそうに、ミミが言う。

「また来るよ」

「絶対来てね。ほんとに来てね。ほんとにほんとに来てね」

こんなやりとりを延々何度も繰り返したせいで、僕が帰路につく頃には、雨が降りはじめてしまっていた。

ミミはしおらしい表情で僕を見送っていたけど、やがてパッとどこかへ行ってしまった。たぶん、あの木造アパートに行くのだろう。

あんなに広かった空が、低い暗雲に覆《おお》われていく。

僕は雨に追われながら、僕の彼女が、ミミのように甘えるのが上手ならいいのにな、とちらりと思った。


この年の夏休み、私は、親友を失った。

予兆はあった……のだと思う。不安を押し込めて、言うべき言葉を口にしなかったせいで、こうなってしまった。自業自得だ。

私は、確かめるのが怖かっただけだ。

夏休みのあの日、朝からチョビも様子がおかしかった。私の気持ちが伝染したのかもしれない。チョビは意味もなく部屋の中をぐるぐると回っていた。

珠希が家に来た。休みの前から約束がしてあった。いつものようにたわいのない話をして、話題が途切れたとき、唐突に珠希は言った。

「私、彼のこと好きだったのに」

息を呑んだ。

私は、それを最初に確かめるべきだったんだ。

「気づいてたんでしょ。分からないわけないよね」

珠希から、ノブが好きだという話を聞いたことはなかった。

そんなの、言わなきゃ分からないよ、と珠希を責めたくなる気持ちと、それくらい雰囲気で気づかなきゃ駄目だよ、という自分を責める気持ちが、同時にわきあがった。

またこうだ。私はいつも、普通の人なら分かることが分からないまま、言葉の裏の意味なんて分からず、言葉の海の表面を漂い続けている。

珠希がノブのことを好きだって知っていたら、こんなことにはならなかった。

そんな気持ちを伝えたくて、でも上手く言葉にできずに、

「もう、ノブとは上手くいっていないから」

とだけ言った。

珠希が、怖い目で私を見る。こんな表情の珠希を見たのははじめてだ。

私が黙っていると、チョビはお腹を見せるのをやめて、不安そうに私を見あげた。腕に、チョビの冷たい肉球が触れる。

珠希は私に貸していた物を引き取って、部屋を出ていった。その中には、珠希から借りたまま一度も使っていない大きなフードプロセッサーがあった。結婚式の二次会のビンゴで当たったと言って珠希が持ってきたやつだ。

大きな箱を抱えて、私の部屋を出ていく彼女を見て、私は親友を失ってしまったのだと思った。

毎日電話をかけ続けて、つながったのは三日後のことだった。

「私たち、付き合ってたのかな」

ようやく口に出せた。緊張のせいか、かすれ声になってしまったけど、ずっと聞きたかったことを聞けた。これだけのことを聞くのに、ずいぶん時間がかかってしまった。

「付き合ってなかったの？」

ノブは、そう聞き返してきた。はじめてずるい人だな、と思った。

「これ以上付き合えない」

私は、ノブにそう告げた。

「他に男ができた？」

ノブはいつもと変わらない調子でそう言った。

「そうじゃない」

「それならさ……」

ノブはいつもと同じ、穏やかで優しい口調で話しはじめた。今となっては、なんだか彼の言葉すべてが、軽くて信用がおけない。豊かに見えた彼の言葉の海も、たいしたことがない。

「そんな話は聞きたくないの」

考える前に言葉が出て、自分でああそうだったんだ、と分かった。それからは、後から後から言葉があふれ出てきた。これまでの空白を埋めるみたいに。

私は本当は、珠希の思いに気づいていたのかも知れない。だけど、気づいていないことにしたかったんだ。

だから、私はノブに確かめられなかった。私たちが恋人なのかどうか。それが決まれば、珠希を裏切ることになるから。

私は辛かった。けど、ノブはこの関係が居心地よかったんだよね?

「そんなにたくさん喋れるなんて知らなかったよ」

それがノブの最後の言葉だった。

こうして、私は親友と、恋人を失った。

もう真夜中だった。夜の雨が、ベランダのコンクリートを叩く音が聞こえた。

長い長い電話の後、彼女が泣いた。

僕には理由は分からない。そんな彼女を見るのははじめてだった。

でも、彼女は膝に顔を埋めて、長い時間泣いた。

悪いのは彼女じゃないと思う。

僕だけはいつも見ている。

彼女はいつでも誰よりも優しくて、誰よりもきれいで、誰よりも懸命に生きている。

「ねえ、チョビ」

彼女が涙を拭かずに言った。

彼女は倒れた椅子の隣にしゃがみ込み、握りしめた携帯からは電話を切った後の、単調なノイズが聞こえていた。

「チョビ、そこにいるよね」

彼女の手が、僕にそっと触れると、彼女の悲しみで僕の身体は激しく痛んだ。

カーテンの間から差し込む街灯の冷たい光が、僕らを照らす。

彼女の声が聞こえる。

「誰か、誰か」

僕は、彼女と大事な人とのつながりが絶たれたことを知った。

「誰か、助けて」

彼女は、いつまでも泣き続けた。

果てのない暗黒の中を、僕たちをのせたこの世界は回り続けていく。

やがて夏が終わる。

カナカナカナカナと、面白い鳴き声をたてる蝉が現れた。僕とミミは真似しようと思うけど、なかなか真似ができない。

ニャニャニャニャとか、ひゃひゃひゃひゃ、になってしまう。

彼女はあの日から元気がなくて、長い髪をばっさりと切ってしまった。

短くした髪を明るい色に染めた彼女は、とてもきれいだ。

彼女の表情も明るくなればいいのに。


昼間、彼女が出かけている間に、僕はジョンを訪ねた。

この頃の僕は、犬のジョンと仲良くなっていて、いろんな話を聞かせてもらっていた。

ジョンは僕の知らないことをたくさん知っていて、彼の話はとてもためになる。

最初は、こちらの言うことを聞いてくれないなあと思ったけど、耳が遠いことが分かってからは、上手く付き合えるようになった。

「やあジョン、遊びに来たよ」

「やあチョビ。今日もいい男だね」

ジョンはいつもと同じ犬小屋の中で、いつもと同じように、組んだ前足の上に頭をのせて寝そべっていた。まるで置物みたいだ。

「彼女のことなんだけどね、僕は彼女の心の隙間を埋めてあげたいんだ」

「チョビ、前にも言ったようにね、それはほとんど無理なんだよ」

ジョンは悲しそうな顔をした。

「だって君も、彼女も覚えてないだろう？」

「覚えてないって、何を？」

「私は、生命の創造のときを記憶している。だから寂しくないんだ」

「セイメイのソーゾー？」

「そうだな……、どうして動物には、男と女があると思う？　チョビはこれまで、考えたことがあるかい？」

男と女があるのが当然で、考えたこともなかった。素直にそう言うと、ジョンは、うっとりとしたようなため息をついた。

「男と女に別れる前の時代は、寂しさのなかった、幸せな時代だったんだよ」

「じゃあ、今の時代は幸せになれないの？」

「そんなことはないさ」

ジョンはうっとりとした表情で、語りはじめた。

「生命は生き残るため二つの性に分かれた」

「生き残るため？」

「性が分かれる前の生命よりも、分かれた後の生命の方が強いんだ」

「とてもそうは思えないけど」

僕は泣いている彼女を思い出した。やっぱり強いとは思えない。

「愛する力、他者を必要とする力と言っていいだろう。寂しさと引き替えに得たこの力が、種を強くするんだ」

ジョンの話のすべてが分かったわけではないけど、彼女の寂しさや悲しみが無駄ではないといいな、と思った。

「私は、寂しさのなかった幸せな時代を覚えているよ。それは、すべてが一つだった時代だ。私たちの世界ははじめはシンプルで、少しずつ複雑になり、この世界ができた。知っているかい？　世界を構成する元素は、はじめほんの数種類しかなかったんだ。気の遠くなるような時間をかけて星が生まれては死に、そのとき収縮した星の中で、様々な元素が作られた。そのときにできた分子が、いまでも私たちの血液の中を流れている。細胞の中の遺伝子も、この地面も、チョビの好きな電車もね。私はそのことを覚えている」

「僕の中にも星からできたものが入っているの？」

「ああ、チョビの中にも。君の飼い主の中にもね。それを覚えていないから、君たちはそんなに心が寂しがるんだ」

とジョンは言う。

ジョンの話を聞いた日の夜、僕は夜空を見つめていた。

ジョンの話が本当なら、僕らはみんな最初は一つだったということになる。

彼女がやってきて隣にしゃがんだ。

ジョンの話では、星の光の一つ一つが、太陽と同じなのだと言う。そんなことを考えると頭がくらくらして、細かいことはどうでもよくなってくる。

それを、彼女に伝えられたらいいのに。

僕らは並んで、じっと星を見つめていた。

遠くから、高架を行く電車の音が聞こえる。世界を動かす音。僕らをのせて、この星は回転を続ける。

# 四

季節が変わって、今は冬だ。

僕にとってははじめてみる雪景色も、ずっと昔から知っているような気がする。

僕が息を吐くと、窓ガラスが曇って見えなくなった。

道路に置かれた自動販売機の明かりが、曇った部分ににじんで、とてもきれいだ。

信号機にも、郵便ポストにも、真っ白い雪が積もって、みんな生まれ変わったように見える。


冬の朝は遅いから、彼女が家を出る時間になってもまだ外は暗い。

髪を短くした彼女の頭は、後ろから見ると猫の頭のように丸い。分厚いコートにくるまると、より一層猫っぽくなる。

「いってくるね」

彼女はいつものように、僕の頭に手をのせて言うと、重い鉄のドアを開ける。冷たい空気と一緒に、雪の匂いが吹き込んできた。

彼女は、重いブーツを履いて、外へと歩き出す。

大きな音がしてドアが閉まり、彼女が鍵をかけ、外階段をおりていく。

彼女が、細い冷たい指先に、白い息を吐きかける様子が、目に見えるように思い浮かんだ。

雪を踏みしめて歩く彼女の遙《はる》か上空を雪雲が流れて、ゆっくりと雪の欠片《かけら》が、彼女の上に降り注ぐのだろう。

僕は、僕と彼女の部屋で、彼女の帰りを待つ。

僕はいつの間にか、テーブルの上に、一息で跳びのれるようになっていた。テーブルの上には、彼女が雑誌から切り抜いた、クリスマスリースの絵が飾られている。

僕は窓の外に目を向ける。街は白い雪が降り積もって、黒々とした、巨人のような鉄塔が見えた。

雪は、すべての音を吸い込んでしまう。

でも、彼女の乗った電車の音だけは、ピンと立ちあがった僕の耳に届く。

世界を駆動《くどう》させる、心臓の音。

いろんなものが変わっていく中で、変わらない鼓動を、僕は好ましいものとして受け止めた。
僕は彼女の問題をどうにもできない。
ただ、そばにいて、僕は、僕の時間を生きるだけだ。

第二話

# はじまりの花

# 一

それは夏の長い午後のことで、クスノキの匂《にお》いがあたりに立ち込めていた。

大きく育ち過ぎたクスノキの下の、日当たりの悪い部屋。松ヤニの匂いがする油を使って、彼女は絵の具を溶いていた。白い布を張りつけたキャンバスに向かい、深く息を吸い込んで目を閉じる。

静かな住宅地の中で、ここの古ぼけたアパートだけは、昼間でも騒がしい。

住人が好き勝手にかき鳴らす楽器の音や、ラジオから流れてくるスポーツの実況、錆《さ》びた鉄階段がきしむ音。その上、変な匂いがして、普通の猫なら絶対近寄ろうとしない場所だった。

私たち猫は、強い匂いや、変わった匂いを嫌うし、うるさい場所も大嫌いだ。

だから、私は、安心した。ここならきっと、私をいじめる猫はいない。

それに私は耳が悪いから、これくらいうるさくても全然気にならない。

アパートの周りは手入れのされていない庭になっている。そこからにょきにょきと生えた大きなクスノキの枝にのっかって、私は彼女を見つめていた。

彼女は、白い布をにらみつけたまま、動かない。

私が産まれたのは、夏のはじめで、まだヒトのやることはよく分かっていないけど、こうしてずーっと白い布を見つめ続けているのは、やっぱり普通じゃないと思う。

やがて、彼女が動き出した。

ためらいなく、黒くて太い線を布地の真ん中に引く。

しびれるような感じが身体をつらぬいた。

その動きがあまりにも力強くて、私の尻尾《しっぽ》はぴんぴんになってしまった。

彼女は、すごい。小柄で身長も低くて、髪の毛の色はなんかおかしいけど、すごい。

陽が暮れて、街灯が点くまで、彼女は白い布に、絵の具を重ねていった。ただの布の上に、見たことのない風景が生まれていく。

出し抜けに、彼女が私を見た。

その視線があまりに鋭くて、私は射抜かれたように、動けなくなってしまった。

「ミミ」

彼女は、私をミミと呼んだ。

これまで他のヒトには、「シッシッ」とか、「泥棒」とか「野良《のら》」とか、そんな言葉でしか呼んでもらえなかった。

彼女は私を追い払おうともせず、ご飯を出してくれた。缶詰に入った油漬けの魚肉はとてもおいしくて、それ以上に、名前をもらったのがうれしかった。

だから私は、これからミミと名乗ることにした。


小学生の頃、飼っていた猫にそっくりだった。

小さなミミ。真っ白で甘えん坊な猫。私が学校から帰ってくるのを、いつも二階の飾り窓のところで待っていてくれた。私が勉強机に白い画用紙を広げて、絵を描いていると、構ってほしくて画用紙の上にのってきた。絵の具の乾いていないところに転がって、せっかくの白い毛をカラフルに染めていた。

ご飯のときは、食器棚の上からうにゃうにゃ言って、私たちの会話に混ざろうとするのがかわいらしかった。

そういえば、ミミがいた頃は、パパもママも一緒に暮らしていた。一緒に朝食を食べてたし、学校であったことを私が話して、パパとママが聞いてくれた。楽しいことは一緒に笑ってくれたし、辛いことは一緒に怒ってくれた。

いつの間にか、食事の時間が別々になって滅多《めった》に会話をしなくなった。

今、パパとママは別々の場所で、それぞれの恋人と暮らしている。

高校を卒業した後、私は家を出て、一人暮らしをはじめることにした。パパもママも反対したけど、両親とも、好き勝手に生きてるんだから、私だってワガママを言わせてほしい。

私が住んでるアパートは古くて汚いけど、家賃はタダ。正確には出世払いだ。ママの方のおばあちゃんがアパートの大家をしているおかげだ。絵を描いてると、すぐに汚れてしまうから、汚いのは逆に気を遣わなくて済む。


私は今、美術系の専門学校に通っている。高三の春から、美大受験のために通いはじめたんだけど、受からずに今は浪人生。もう受験はどうでもよくなって、今年は就職でもしようかなって、気になっている。

美大っていうのは、勉強より、絵を書く方が楽だろうって考えるヤツが真っ先に進路として考えるところだから、倍率がものすごく高い。美大に受かるには、ふるい落としを突破するためのテクニックが必要だ。それに気がつくのが遅かった。

受験勉強はしたくないけど、絵なら描けそうって甘い考えのヤツらのせいで、私みたいな本当に才能のある学生が割を食っている。

私は、私の絵が優れていることを知っている。

なのに、美大出で芸術家崩れの講師たちは、私の絵をろくに褒《ほ》めない。型にはまった反復練習ばかりさせる。

ミミによく似た白い猫だって、私の絵に見とれていた。

猫にだって分かることが、なんであいつらは分からないんだか。

はっきり言って、私より描けるヤツなんて周りにいない。

私は、恵まれた才能を持って生まれたから、多少の不幸は甘んじて受けるつもりだ。

背が低いとか、髪の毛を染めるのに失敗したとか、受験に失敗したとか。

幸せとか不幸とかは、考え方次第だと思う。両親が別居して、ダブル不倫とかは不幸だけど、経済的には恵まれてるし、タダで一人暮らしもできてる。

進学できなかったのは不幸だけど、おかげで、やりたいことが見つかったと思えばこれはハッピーだ。

私は、絵で食べていくのだ。

手を動かしていると、いろんな想いが浮かんでは消えて、その内に集中して、絵しか見えなくなる。白猫っていうギャラリーがいるおかげかも知れない。今日は筆がなめらかに動く。

お礼と言ってはなんだけど、晩ご飯用のシーチキンの缶を開けてやった。それを一心不乱に食べている猫を見ながら、ミミのことを思い出す。ミミも、シーチキンが好きだった。

一瞬、飼ってやろうかな、と思う。

アパートにペット禁止なんて洒落《しゃれ》た決まりはないけれど、何か飼ってるような住人はいない。ここの住人は、自堕落《じだらく》か、貧乏か、その両方かだ。マジメに動物を育てられるようなタイプの住人はいない。

とはいえ、画材には金がかかる。ずっと金欠の私には、猫を飼う余裕なんてものはない。

彼女は麗奈《れいな》という名前だった。それが分かったのは、彼女がそう名乗ったからだ。

猫に名乗る人間は、彼女の他に会ったことがない。

彼女はいつも変な匂いをさせていた。アルコールの匂い、絵の具の匂い、香水の匂い、異国のスパイスの匂い、彼女の吸わない煙草の匂いをさせていることもあった。

彼女はとても気まぐれで、私に餌《えさ》をくれる日もあれば、くれない日もあった。

くれない日はたいてい、夢中で絵を描いているときだ。そのときは仕方ないから、アパートの他の住人や、どこか別のところから餌を拝借《はいしゃく》する。アパートの裏は、荒れ放題の花壇と、水巻き用の蛇口があって、いつもきれいな水を飲むことができた。

彼女がくれるものはたいてい、彼女がそのとき食べていたもので、おいしいものも、二度と食べたくないようなものもあった。彼女の機嫌がいいときは、わざわざ猫用の缶詰を開けてくれた。

ご飯はもらうけど、私は彼女の飼い猫じゃない。

「悪いけど、飼えないよ」

彼女は、はじめて会ったとき、私にそう言った。

「だって、猫は死ぬから」

私もそうだと思う。猫はすぐに死んでしまう。

私の身体は真っ白で、兄弟の中で一番小さくて、耳もちょっと悪かった。だから何度も自動車に踏まれそうになったり、近づいてくる他の猫に気づくのが遅れたりして、怖い目にあった。

「でも、猫は死ぬのが仕事だからね」

そう言って、彼女は笑った。

ミミというのは、彼女が失った猫の名前かも知れない。それなら、私はミミ二世だ。

麗奈は自分のことを、とても勝手な人間だと言った。

「だから勝手に餌をあげるの」

彼女は本当に勝手だった。冷たい日陰のコンクリートで昼寝をしているとき、クビの後ろをつかまれ、たらいで丸洗いされたこともあった。

「あなた、そんなに真っ白だったんだ。美人だよ」

私は本当に死ぬ思いだったんだけど、彼女の『美人だよ』の一言で機嫌を直してしまった。彼女に褒められるのが、うれしかったから。

私は彼女が好きだ。

麗奈はとても、強い存在だから。

# 二

夕立の作った大きな水溜りが、青空を映している。

専門学校の帰り道。晩ご飯をどうするか考えながら歩いていると、背中から男の子に声をかけられた。同じ絵画受験クラスの雅人《まさと》だ。

「何か用？」

わざわざ足を止めて聞いてやる。

「夏休み、クラスのみんなでさ、プール行こうって言ってるんだけど……よかったら」

こいつはいつも、遠慮がちにぼそぼそ喋って覇気《はき》がない。

「行かない」

私は即答して歩き出す。

「ああ、やっぱり……」

雅人は残念そうに言うと、私の斜め後ろから遠慮がちについてきた。

「まぁ、それはいいんだけど、さ」

いいのかよ。

「絵画コースやめるんだって？」

私はうなずく。

「就職する」

親にもまだ言ってないけど、私は決めていた。

「そっかー」

雅人は間の抜けた声を出した。

「受験コースなら、絵画じゃなくて、デザインとかもあるのに」

「そういうんじゃないから」

私はイライラしてきた。

「じゃあ、なんで？」

「絵は描きたいけど、受験のための絵を描くなんてくだらないから」

それは本心だ。

「それはあるよね。僕もそう思う」

雅人があっさり認めたので、私は拍子《ひょうし》抜けしてしまった。

「でも、君なら絶対受かると思うんだけどなあ」

「お、おう」

その言葉はちょっとうれしくて、仏頂面《ぶっちょうづら》を崩さないようにするのは骨が折れた。

「それで、流れるプールなんだけど……」

話は終わってなかった。

「私のことはいいから、描けよ」

なんだか腹が立ってきた。

「ヘタクソが遊んだり浮かれたりしてる場合じゃないだろ?」

「先生も言ってたじゃん。人生経験が大事だって」

気を悪くしたふうでもなく、雅人は言う。

「水遊びが人生経験になるわけないだろ」

「もしかしたら、人生を揺るがす大恋愛がはじまるかもしれないじゃん」

「くっだらない」

クラスメイトの中で、くっついただの、別れただのという話は、よく聞く。

当人たちは特別なものだと思っているんだろうけど、はたから見れば、恋愛模様なんてものは、滑稽《こっけい》でありふれている。

「揺るぎないなぁ」

雅人は苦笑した。

「秋の芸術祭、出すんだよね？」

芸術祭のコンペは、年齢制限があるのでファインアートを目指す若手の登竜門となっている。時期的には、そろそろ描きはじめなければいけない。

「そのつもりだけど」

「頑張ってね」

「お前もな」

そう言うと雅人は目を丸くした。自分は出す気なかったのか、コイツ。

そこで駅に着いて、私たちは別れた。

私は捨て猫だ。

仔猫だった頃は、親猫にも、飼い主の夫婦にもかわいがられた。兄弟は五匹。大勢の人たちが私たち兄弟を見に来て、母猫は神経をすり減らしていたけれど、私は人間たちにちやほやされて、上機嫌だった。

だけど、そんな日は長く続かなかった。兄弟たちはどこかへもらわれていったのに、引き取り手が現れなかった私は、あっさりと捨てられた。一番小さくて、よく母乳を戻していたし、耳が遠くて、愛想のない猫と思われたからだろう。私は一番弱い猫だった。

弱い猫から消えていく。それはとても自然なことだと思う。

私は、麗奈《れいな》の前では、強い猫でありたい。

だから、麗奈のアパートの部屋に棲《す》みついたりはしない。クスノキの上で眠る。クスノキは嫌な虫も猫も寄りつかないから快適なのだ。

ご飯だって、もらうだけじゃなくて、狩りで獲物《えもの》を見つけたい。そうすれば、私はもっと強くなれる。麗奈にも見せてあげたい。

麗奈は他にも縄張《なわば》りを持っているみたいだった。どこかへ行って、夕方に帰ってくる。昼すぎまで部屋にいることもあるし、朝早くから、夜遅くまで出かけることもある。帰ってこない日だってある。そんな日は胸がきゅっとなる。

麗奈が部屋にいない日がしばらく続いたとき、私は心配になって探しに行こうとして、私はチョビと出会った。

チョビは私と同じ、真っ白い猫できれいな毛皮をしていた。一目見て好きになった。雄猫はすぐにのしかかってこようとするから怖いけど、チョビは他の雄猫と違っていた。

私を見ても

「やあ」

と、気楽な声で挨拶をしただけだった。

「ここ、あなたの縄張り？」

「まあね」

心臓がドキン、と脈打った。知らないうちに他の猫の縄張りに入り込んでしまった。

「じゃあ、私を追い出すんだ」

「仔猫を相手に、そんなことはしない」

「紳士なのね」

なんだか、変わった猫だ。

「僕はチョビ」

その猫は、そう自己紹介をした。

「……私はミミ」

私はゆっくりと、チョビの匂いが嗅げる位置まで近づいた。互いに匂いを嗅ぎ合う。

チョビからは、人間の匂いがした。

「あなたは飼い猫？」

「うん。僕は彼女の猫だよ」

「彼女？」

「名前は知らない。興味もない。でも、僕の恋人なんだ」

「変なの」

「変かな」

「名前も知らないのに恋人なんて変だよ」

ちょっとだけ嫉妬《しっと》して、そんなことを言ってみた。

「名前は名前だよ。猫にイヌって名前がついていても、猫は猫だろ？」

そんな話をするのははじめてで、なんだか不思議な気持ちになった。もっと話していたいと思ったけど、そのとき、私は麗奈を見つけた。大きな白い袋から、特徴的な丸いものが見えている——猫缶。ご馳走《ちそう》だ。

「また会える？」

「たぶんね」

「たぶんじゃイヤ。絶対に会って」

猫缶も欲しいけど、チョビにも会いたい。

「じゃあ会おう」

「約束だよ。絶対約束」

約束をして私はチョビと別れた。

麗奈に駆け寄ってニャアと鳴くと、麗奈は笑顔になった。

「ミミ、こいつを嗅ぎつけてきたか？」

私はうれしくなって、頭の後ろを麗奈にこすりつける。

チョビも彼女にこんなことをしてるのかな、と思うとなんだか急に切なくなった。

それから私たちは、ほとんど毎日のように会って、たまに麗奈のご飯をご馳走したりもした。

チョビは狩りが下手だった。普通なら愛想をつかしてもおかしくないくらい下手だった。けど、私の親も下手だったから、なんだか狩りが下手なところが、かわいらしく思えてしまった。狩りを教わりたかったけど、仕方ない。いつか、自分の力で狩りをして、麗奈に獲物を持っていけるといいなと思う。いつか麗奈に、猫缶のお返しをするのだ。

夏の暑さに蒸されながら絵を描いていると、頭からザバーっと、ホースで水をかぶりたくなる。窓枠に取り付けたウインドクーラーはやかましい音を立てるだけで、少しも涼しくならない。

あいつら、今頃プールに行ってるんだろうなぁ……。

思い切り頭を振って、行けばよかったという考えを振り払う。

私は絵に、人生を捧げるのだ。

しばらくして、窓の外から聞き慣れた足音が聞こえてきた。ミミだ。今日はお客さんを連れている。

お客さんは、ミミとよく似た白い猫で、首輪を付けている。

飼い猫なら、飼い主のところで餌をもらえよ……。

そう思わなくもないが、ミミもどこで餌をもらっているか分からない。奮発してシーチキンの缶を開けてやる。

ミミは缶を開ける音だけで、そわそわしはじめる。その様子がかわいらしい。皿にのせたシーチキンを出すと、ミミはかぶりついた。もう一匹のお客さんも、おずおずとシーチキンをかじり、びっくりしたようなリアクションを見せた。

猫たちを見ていると、ささくれ立った気持ちが落ち着く。私も一緒におやつを食べることにした。冷え過ぎる冷凍庫でカチンカチンに凍ったハーゲンダッツ。

「ボロは着てても心は錦《にしき》。ボロアパートに住んでいてもアイスはハーゲンダッツだよね～」

近頃、ミミを相手に話しかけていることが多い。ミミは、シーチキンをもぐもぐ食べながら、ちらりと私を見た。

独り言の延長みたいなものだが、猫とはいえ、食事中に話す相手がいるのはうれしい。

専門学校でも話が合うヤツはいないし、気の合わないヤツらとつるむのもバカバカしいから、私はいつも一人で食事を取っている。

窓際に座って、自分の部屋を見渡す。描きかけのが三枚。ふすまを取り払った押し入れには、描いた絵が突っ込んである。

ソファベッドと小さい本棚と、衣装ケース。カセットコンロと流し。小さな冷蔵庫。画材と、買い置きのインスタントラーメン。小さな私の世界。絵の具だらけに染まった絨毯《じゅうたん》の下では畳と床板がふわふわギシギシいってるし、隣の隣の部屋の話し声が聞こえてくる。

小さくて汚い部屋だけど、私は気に入っている。


麗奈の瞳は熱い光を帯びている。私は麗奈の強さ、自信に満ちた態度が好きだ。弱い私が絶対に手に入れられないもの。

麗奈はためらいなく、絵筆をふるう。絵の具を塗りつけていく。絵の具の匂いが、ふわりとわきあがる。色によって、かすかに匂いが変わるのが面白い。

思い切り大声で、にゃあと鳴く。私の声は小さいから、なかなか気づいてもらえない。

「なんだ、腹減ったのか」

やっと気づいた。意識を絵にやったまま、シーチキンの缶詰を開けてくれた。

しょっぱいけど、贅沢《ぜいたく》は言えない。

夢中で食べていると、ふと視線を感じて、顔をあげた。

そこには鷹《たか》がいた。猛禽《もうきん》類特有のシルエットに、私の本能が反応して、私は窓枠から落ちてしまった。

麗奈は、そんな私を見て、お腹を抱えて笑った。

「そんなに上手く描けてた？」

それは、もちろん、本物の鷹ではなくて、麗奈の絵の一部だった。

よく見れば、絵の具を塗りたくっただけで、鷹のはずなんてないのに、あのとき私は、確かに鷹だと思った。生まれてから一度も鷹なんて見たことないのに、私の本能は危険な生物が現れた！　と警告した。

麗奈は本当にすごい。

私は、彼女のそばにいられることを、誇らしく思った。


太陽が昇るまで絵を描いていて、目が覚めるととっくに昼を過ぎていた。

国道に面した牛丼屋で、手早く食事を済ませて、アパートに戻る。

アパートの前で、隣の部屋の女性とすれ違った。彼女は、夜の仕事をしていて、いつも化粧が濃い。

「麗奈ちゃん、お客さんが来てたよ」

――地方のイントネーションが耳に心地いい。

「あ、はい。ありがとうございます」

ぺこりと頭をさげる。うちに客なんて滅多に来ない。誰だろう？

なぜか、雅人の顔が浮かんだ。そんなわけないのに。

アパートの前で待っていたのは、女性だった。いつもと違う服装だったので、はじめはそれと気がつかなかった。

「おかえりなさい」

専門学校の教務の先生だった。

「あれ？　美優《みゆ》さん、どうしたの？」

私が尋ねると、美優さんは恥ずかしそうに笑った。

「あの、家が近所だったから。ホントは、学生さんの家を訪ねるのはよくないんだけど……」

妙に恐縮して、そんなことを言う。まぁ、この人が来た理由はだいたい見当がついている。

「まあ、細かいことはいいから」

私は自分の部屋の鍵を開けた。

「あがってよ。狭くて汚いところだけど」

私のセリフに誇張《こちょう》はない。こんなことなら、もっと片づけておけばよかったけど、後の祭りだ。

部屋を見た美優さんは、息を呑んだ。部屋の惨状《さんじょう》に驚いたのではなく、私の描きかけの絵に見入っている。

「すごい……大作ね」

その反応がうれしい。私は心の中でガッツポーズをした。

「いつ描き終わるか分かんないけど」

ソファベッドの上で丸まっていたミミが、目を開けて美優さんを見た。

「美優さん、こいつとそっくりなリアクションしてた」

ミミのあごの下をくすぐってやる。

「あら、猫を飼ってるの」

「飼ってるっていうか、居着いてるっていうか。通い猫ってやつかな」

「よく慣れてるわね。信頼し切ってるもの」

「そうかな」

手を洗い、コップを洗ってから、水出しの麦茶を注いだ。

「ありがとう。私も、猫を飼ってるの」

「そうなんだ」

「この仔によく似た、真っ白な猫。うちのは雄だけどね」

以前、ミミが連れてきた白い猫を思い出した。そんな偶然あったらすごい。

「あの、最近学校に来てないみたいだけど」

美優さんが、いきなり本題に入った。

「行ってないから」

私の顔を見て、美優さんが、ふうっと息を吐いた。

「あのね。これは、教務の意見じゃなくて、一個人の意見として聞いてほしいの。私が、口を出す筋合いの話じゃないかも知れないけど……。これまで、いろんな学生さんを見てきたから、どうしても言いたくて……」

回りくどい言い方に、私は焦れてきた。

「ハッキリ言ってよ」

「絵が上手いだけじゃ、将来は上手くいかない」

それは胸をつく言葉だった。

「分かってるよ」

思いがけず、キツい口調になった。指先が震えている。

「だから麗奈さん。もう一度、美大を目指してみない？」

美優さんは、私の目を真っすぐに見る。

私の中には、その言葉を望んでいる自分がいる。

それなのに、口から出た言葉は本心と違っていた。

「美大なんか出てもな」

斜に構えた物言いだと、自分で分かってる。

「それは、出た人の言う言葉」

ばっさりとやられた。美優さんの言い方は優しかったけど、心に響いた。

「厳しいな」

今度は本心だった。

「就職もいいけど、仕事に追われながら絵を描き続けるのは大変よ」

そんなことは分かってる。

「大丈夫だって」

負けん気だけでそう答えた。根拠がない分、大声になってしまった。私の剣幕《けんまく》に驚いて、ミミが落ち着きをなくしてしまった。

「美術の世界に乗り込むには、能力だけじゃ駄目なの。それが、いいことかどうかはおいておいて、美大を出なければ相手にされるところまで辿り着けない」

　私が口を開く前に、美優さんは続けた。

「どこかの評論家に発見されて、アウトサイダー・アート扱いになるなら別だけど」

　そんなことは分かってるんだ。

「大丈夫。私の絵なら、どこでもやってけるし。今だってコンペ用のやつ描いてるし」

　ふっ、と美優さんが笑った。

「何笑ってんだよ」

　バカにされたと思った。

「あ、ごめんなさい。麗奈さんはいいわね。私もそれくらい自信があれば、人生変わったかもなって思って」

　その言葉は、嘘や取り繕いだとは思えなかった。

「何？　男のこと？」

　かまをかけると、美優さんは目に見えてうろたえた。

「そういうわけじゃなくて……」

　図星だったらしい。分かりやすい人だ。

「美優さんなら大丈夫だよ。すげーいい人だし。だって私のこと心配して来てくれたんでしょ？　その優しさとか、ぜってー伝わるよ」

「そうかな……」

なぜか私が、美優さんを励ますことになっていた。……なんだ、この構図。

ミミがふわぁ、とあくびをして、またソファベッドの上で丸くなった。

「とにかく、美優さんの言うことは考えとく」

「お願いね。それと……」

「学校は行くよ。そのうち」

「ありがとう」

美優さんが笑った。


麗奈の家を去った女のヒトからは、チョビの匂いがした。

そうか、あのヒトが、チョビの恋人なんだ。

この日から、ずっと私はムカムカしていた。その理由が、チョビにあるからだと確信したけど、それだけじゃなかった。

# 三

美優《みゆ》さんは受験をしろと、言ってくれた。

けれども私は結局、受験か就職か、決められないまま、夏が終わろうとしていた。夏休みの最後の二週間、私は専門学校の斡旋でインターンに行くことになった。自分でも申し込んだのを忘れていた。

インターンと言えば聞こえはいいけど、ほとんど、ただ働きみたいなものだ。はじめはサボる気満々だったけど、インターン先が、私でも名前を知っているくらいのデザイン事務所なので気が変わった。売れてる映画のロゴや、ベストセラー漫画の装丁なんかをしているところだ。

デザイン事務所らしく、小洒落た街にあって、私のアパートからは少し遠い。私は久しぶりに規則正しい生活を送ることになった。

初日はさすがに緊張した。もらった仕事の内容は、会議の議事録を取ったり、宛名シールを貼ったりと、誰にでもできる雑用ばかりだったけど、プロのデザイナーの仕事を、間近で見ることができたのは収穫だった。

プロの仕事を目の前で見るのははじめてだった。

みんな、とにかく手が早い。その上、たった一つのデザインのために、ものすごい量を作るのが印象的だった。私は雑用ばかりだけれど、この人たちの役に立てるのがうれしかった。

もっとうれしいのはお昼ご飯。

場所がら周りには高級店が多い。毎日いろんな人が代わりばんこに高級なランチをおごってくれた。どのお店も、びっくりするほどおいしかった。

日頃、ろくなものを食べてないことを思い知る。おいしいご飯は、意欲と活力を生む。

ただ働きで単純労働なんて、やる気ゼロだと思ってたけど、やりがいが生まれてきた。

私もミミのように、バッチリと餌《え》づけされてしまったのだ。

デザイン事務所の人たちは、私たちのようなインターン生に慣れていて、何かと気にかけてくれた。特に目をかけてくれたのは、チーフと呼ばれている男の人だった。

第一印象は『いけ好かないヤツ』だった。香水をつけている男にロクなヤツはいない。

例えば私のパパがそうだった。年は若いけど、どことなく私のパパに似ていた。

インターン生を、私に決めてくれたのも、この人らしい。

これまでの自分の作品をまとめたポートフォリオを提出して、それを褒めてくれた。二人でランチを取りながら、私は、今描いている作品について熱く語り、彼はうれしそうにそれを聞いてくれた。

「今度、君の作品見せてよ」

屈託のない笑顔で、チーフが言う。今描いてる絵を見せたいと思った。ミミも、美優さんも驚いた絵。きっと喜んでもらえる。

「いつでも来てくださいよ。汚いところだけど」

胸を張ってそう答えた。

すぐにでも、と思ったんだけど、周りの仕事が忙しくなり、それどころではなくなってしまった。事務所に泊まり込んでる人もいるくらい。私も、私なりに朝から晩まで忙しく働いた。

修羅場は、学園祭の前日みたいで、楽しかった。自分が当事者じゃない気安さもあるんだろうけど、弁当の買い出しで感謝されたりすると、この人たちの役に立ってるというのがうれしかった。思えば、これまでの人生、人の役に立つことなんて滅多にしてこなかった気がする。

「お疲れさま！」

修羅場を乗り切った後、みんなで乾杯した。私だけ未成年なのでコーラだ。一応、学校の斡旋で来ていることもあり、大人しくコーラにした。

チーフは、私の絵を見に来るって言ったことを、ちゃんと覚えていた。忙しくて絶対忘れてると思っていたので、うれしくて、私たちは携帯の番号を交換した。

「あの人、若い子大好きだから気をつけなよ〜」

その後トイレで、女性のデザイナーから、そんなふうに耳打ちされた。

これが、女の嫉妬ってやつか！

そんなふうに思ったのが、間違いだった。


夏が終わりに近づいて、私の身体の中が変わりはじめていた。仔猫から、雌猫へ。

私は、チョビの子どもが欲しくてたまらなくなって、率直に言ってみることにした。

「ケッコンしようよ」

「ねえ、ミミ、何度も言ったけど、僕には大人の恋人がいるんだ」

またその話か。私は確かめたくなった。麗奈《れいな》のところに来た、あの女性なのかどうか。

その恋人が、どれほどのものなのか。

「会わせて」

「ダメだよ」

「どうして?」

「ねえミミ。何度も言ったけど……こういう話はもっと君が大人になってからすべきだと思うんだ」

私はヒゲも耳も尻尾も垂《た》れさがるくらい悲しくなった。

人間が恋人なんて、バカみたいだ。一生そのままいろ。

ふてくされたまま、大きな足音を立てて、麗奈のアトリエに向かった。

いつものクスノキの上から、麗奈の部屋をのぞき込むと、麗奈は誰かと電話をしていた。

「えーっ、そんなことないですよう」

普段の麗奈が、絶対に出さないような、媚《こ》びた声。

そんなの麗奈じゃない。もっと強くて、誰にも媚びずに毅然《きぜん》としていてほしかった。

なんだか私は腹が立ってたまらなくて、残酷な気持ちになっていた。今ならどんな獲物だって狩れるだろう。

あのときの私は、どうかしてたと思う。

珍しく、遠くまで散歩に出かけた。知らない藪《やぶ》の中も知らない塀の上もずんずん進んでいく。行ったことのない場所、嗅いだことのない空気、いつもなら怯《ひる》んでしまうはずなのに、全然怖くなかった。

油断していた私は、他の猫の縄張りに、足を踏み入れてしまった。

あ、この雰囲気は危ないかも。

そう思ったときは、もう遅かった。眼光の鋭い雄猫が、私の前に立ちふさがっていた。

野良猫なのに、大きい。たくさん餌を食べてきたということは、それだけ強いということだ。

白黒ブチになった毛皮の横腹に大きな傷痕がついていた。そびえ立つ尻尾は先っぽが横に折れている。

カギシッポ、と私は心の中で名前をつけた。

カギシッポは、値踏みするような視線で私を見ている。

私が、一歩踏み出すと、それ以上近づいたら許さん、とその目が言った。

「ねぇ、獲って」

私の声は、自分でも驚くほど甘い声になっていた。

「何?」

カギシッポが怪訝《けげん》そうな声を出した。

尾の長い鳥が、駐車場の砂利の上で何かをついばんでいる。

それをちらりと見ると、カギシッポは音もなく動き出した。塀の上から、じりじりと鳥に近づいていく。全身の筋肉をたわませる。一気に塀の上から跳び降りると、正確に鳥の首筋に噛みついていた。鳥が翼をはためかせ、逃れようと懸命にもがく。

「すごい」

そうとしか言えないほど見事だった。私の全身の毛が、ぶるっと逆立つ。

鳥は、カギシッポの口の中で、急速に命を失っていった。彼は、私の目の前に動かなくなった獲物を落とした。

「たいしたことはない。暗くなると、鳥は目が見えなくなる」

まるで親が、子に教えるように言った。そのときはじめて、カギシッポがかなり年上の猫だと知った。

「私はミミ。あなたの名前は？」

「ない」

「じゃあ、カギシッポって呼んでいい？」

「好きにしろ」

カギシッポは背を向けて歩き出し、私は彼についていった。

ああ、私は本当に猫なのだなあと思う。猫の本能が私を突き動かしている。

その夜、私はカギシッポと結ばれた。

夏が終わろうとしていた。

次の日も、私はチョビに会ったのだけれど、チョビは私に起きたことなんか、何も気づかなかった。

カナカナと鳴く変な蝉《せみ》がいて、その真似をしようとして、できなくて、私とチョビは大笑いをした。

会う度に、私はチョビにケッコンしようと言っていたのだけれど、この日はじめて、私はそんなことを何も言わず、チョビと別れた。

明日、また会おうって約束もしなかった。なのに、チョビは何も言わずに、彼女のところへ戻っていった。

そんなチョビを見ていると、尻尾が垂れてしまう。

ここ数日、麗奈は珍しく浮かれていて、私の気持ちを分かってくれそうになかった。

私はやり場のない思いを抱えたまま、ひたすら眠った。

「仕事が決まりそうなんだ」

麗奈はご機嫌だった。

「インターンで入ったデザイン事務所のさ、チーフに気に入ってもらって」

「私、才能あるって。前から知ってたけど」

「仕事きつそうだけど、あそこ、入ってやってもいいかなーなんて」

麗奈の揺るぎない強さが、私には眩しかった。


麗奈の話を聞いて、思ったことがある。猫は、それぞれが縄張りを持っている。猫によって大きい縄張りも、小さい縄張りもあるけど、一つの縄張りに、猫は一匹しかいない。

ヒトは、同じ縄張りの中で、何人もヒトがひしめいている。なんだか優しい関係に思えるけど、それはただの見せかけで、ある縄張りを支配しているのは実質一人だけなのだ。

麗奈たち、絵を描くヒトは、ずっと狭い縄張りを争い続けていて、大勢を振り落として、それでも強いヒトだけが生き残ってきた。

麗奈はとっても強いから、今まで負けずにやってきた。

もう一つ、ヒトの縄張りの変なところは、時間が経つと、無理矢理、別の縄張りを争わされることだ。

昔は、どんな縄張りもゆるかったんだけど、近頃は本当に小さな縄張りしかなくて、一人とか二人とかの縄張りをとても大勢が奪い合っているらしい。

でも麗奈なら大丈夫だろうな、と私は思う。あんなに強くて、あんなに自信に満ちあふれているんだから、負けるはずがない。

# 四

だんだん涼しい風が吹くようになって、季節は秋になった。

麗奈《れいな》のアパートの周りで無造作に生えている木々も色づいてきた。クスノキだけは青々としていたけど、丸い実はちゃんと熟しはじめている。

黄金色や赤銅色の落ち葉を踏みしめながら、私は秋の匂いを思い切り吸い込んだ。

私の身体はずいぶんと大きくなった。

今まで通れたところを引っかかるようになって、麗奈に笑われるくらいだ。

秋の大きな台風がやってきた。

何もかもが雨と風に巻き込まれて粉々になりそうな嵐。

さすがにその日、麗奈は、私をボロアパートにあげて、一晩中一緒にいてくれた。

仔猫の頃の恐怖がよみがえってくるような一夜だった。アパートのあちこちがきしみ、雨戸に物がぶつかる。

その中でも、麗奈は動じることなく、一心不乱に絵を描いていた。

眠れずに一晩を過ごした私は、朝になって、真っ青になった空を見たとき、何かが、決定的に変わってしまったことを、本能的に知った。

カギシッポの死を知らせてくれたのは、樽《たる》のように丸々と太った猫だった。

その猫は自分をクロと名乗った。

「あいつと、親しいそうだな」

「あいつって……?」

「尻尾がこう、曲がったヤツだ、知ってるだろ」

「カギシッポ?」

「そう呼んでたのか? じゃあお前で間違いないな。あいつはその名前を喜んでいたよ。野良猫が名をもらえることは滅多にないからな」

そこで、クロは一度言葉を切った。

「あいつは死んだ」

「そうなんだ」

カギシッポが死んだ。私は素直にそのことを受け止めていた。

「驚かないのか」

「そんな気がしたから」

世界がこれだけ変わってしまったのだから、きっと何かがあると覚悟していた。

「だから、あいつの縄張りは、お前のものだ」

「え……」

そのことの方が驚いた。

「なんで？　他の猫が取り合うんじゃないの？」

「この街では、こうなってるんだ」

当然だというように、クロは言った。

「伝えたからな」

そう言って、クロは背を向けた。

「あの、ありがとう」

教えてくれたことに感謝したつもりを、クロは誤解した。

「俺が決めたんじゃない。礼なら、ジョンに言え」

「ジョン……？」

「犬だよ」

そう言って、クロは見かけによらず、素早い身のこなしで消えてしまった。

悲しくはなかった。私はただひたすらに、眠くて眠くてたまらなくて、しばらく麗奈のアパートで眠り続けた。

麗奈は、部屋にいないことが多かった。

しばらくしてから、クロがやってきて
「縄張りの見回りをサボるな」

とだけ言って、去っていった。

カギシッポの縄張りをゆっくりと回る。錆びたトタンの廃工場。ほとんど涸れていてゴミだらけの水路。排気ガスで真っ黒になったコンクリート壁が続く。

縄張りはどこも寂しい景色ばかりだった。カギシッポは、ずっとこんな寂しい風景を見ながら、過ごしてきたんだ。

ガラガラの駐車場の片隅に、薄桃色のコスモスが一輪、咲いていた。

そのとき、私は確信した。カギシッポは、ここで、死んだに違いない。

ばらばらになりそうな悲しみが、私を襲った。

麗奈になぐさめてほしかった。

けれど、麗奈に会ってはいけない気もした。

私は、本当はとても弱い。身体が大きくなっても心は仔猫のままで、もし、私が弱くて役に立たない猫だということが麗奈に分かってしまったら、麗奈は私を見捨てるかも知れない。最初の飼い主が、私を見捨てたように。

麗奈は今日も、部屋を留守にしていた。インターンとかなんとかいうのに行っているのだろう。私には都合がよかった。

私は麗奈の部屋の軒下で、麗奈の絵の具のかすかな匂いを感じながら、ひたすらに眠り続けた。

自動車の音がして、目が覚めた。もうあたりはすっかり暗くなっていた。

部屋の中から、麗奈の声がする。そろそろお腹が空いた。私はうれしくなって、カリカリと雨戸を引っかく。いつもなら、すぐに麗奈が顔を出してくれる。

なのに、麗奈が出てくる気配がない。

コイツはずっと、私の描いた絵じゃなくて、私の身体を見ていたんだ。

美優《みゆ》さんを家にあげたときと違って、コイツは私の絵には目もくれなかった。

思えば、最初からそうだったのかもしれない。でも、認めたくなかった、私の才能が認められたのだと、思いたかった。

チーフの車で送ってもらった。車の中でチーフは、心のこもってない言葉を並べ立て、私はそれを喜々として聞いていた。

私は本当にバカだ。

そして今、私はソファベッドに押し倒されている。

チーフのつけている香水の匂いに、吐きそうになる。

そんなつもりじゃなかった。

コイツの気持ちが、手に取るように分かる。形の上では、私から誘ったことになってる。

「あの人、若い子大好きだから気をつけなよ〜」

女性デザイナーの言葉が、本気の警告だったってことが、今になって分かる。

これも仕事だ。ここでコイツの言う通りにすれば、仕事がもらえるかも知れない。それも人間関係の一つだ。

流されてもいいか。

ちらりと考えた途端、腹の底から激しい怒りが込みあげてきた。

一瞬でもそんなふうに思った自分が許せない。絶対に、自分は騙《だま》せない。

甘ったるい匂いをまとった、そいつの手が、私の身体をなぞりはじめた。怖くて情けなくて、私はされるがままになっていた。

「カワイイよ」

チーフの言葉が気色悪くて、鳥肌が立つ。

「やめて」

チーフの手は止まらない。

「触んなぁ！」

腹から声を出すと、動けるようになった。手近にあったものをつかんで、こいつの顔面に叩きつける。来ていたジャケットだ。

怯んだ隙に、ソファベッドから立ちあがろうとすると、背中から、チーフが覆いかぶさってきた。

「触んなつってんだろ！」

身体をひねり、みぞおちを狙って思い切り肘《ひじ》を叩き込む。

きれいに入った。入り過ぎた。

ソファベッドから転げ落ちたチーフのせいで、積みあげていた本とキャンバスが倒れた。

「ちょっと、麗奈ちゃん、本気じゃないよね」

浮ついた笑いが不愉快でたまらない。もう怖くない。

「本気だ、出てけ！」

手近にあった雑誌を、顔面めがけて投げつける。

「誤解があるみたいだね……話し合おうか」

もう、この笑顔には騙されない。こんなヤツに気に入られようとしてた自分が情けない。

キャンバスを置く三本脚のイーゼル。外れた脚の一つを、私はつかみあげた。

それを見たチーフは後ずさりで、部屋から出ていく。

イーゼルの脚を持ったまま、私は床にへたり込んだ。

部屋の扉が開き、私はまたあいつが戻ってきたのか！　と全身が緊張する。顔を出したのは隣のお姉さんだった。

「麗奈ちゃん、大丈夫?」

化粧の濃い顔が、たまらなく頼もしくて、泣きそうになる。

涙がこぼれそうになって、そのことが、私の怒りを駆り立てた。

あの野郎、よくも私を泣かしたな！

「待って！」

私はサンダル履きで、表へと飛び出した。

チーフは、車の前で煙草を吸っていた。フランス製だかなんだかの自慢の愛車。嫌味たらしいポーズだ。

にやけ顔で、ちらりと私を見た。私が戻ってきて、なんて言うとでも思ったんだろうか。

「待てコラァ！」

私の形相を見て、チーフはあわてて自動車に乗り込む。

そのドアを、勢いにまかせて思い切り蹴った。情けない音がして、大きな凹みができる。

騒動を耳にして、アパートの住人たちが出てきた。

チーフは自動車を急発進させて、そのまま走り去っていった。デタラメな運転だったのだろう。あちこちで、クラクションが鳴らされる音が聞こえた。

「よっ、麗奈ちゃん！」

隣のお姉さんが、歌舞伎のかけ声のようなことを言い出す。

あちこちから野次《やじ》があがり、やがて、拍手まで巻き起こった。

「見世物じゃない！」

私は、一喝して、自分の部屋に戻った。

まだ、あの男の匂いがする。自分と相手の両方に腹が立った。私はなんて間抜けなんだ。

空気を入れ換えたくて、窓を開ける。

ミミが入ってきた。ミミは黙って、私に身を寄せてくる。その温かさが、何より慰めになった。

「ミミ、今日は一緒にいて」

私は、ミミと一緒に眠った。

もう、しばらく何も考えたくなかった。

季節が変わり、冬になろうとしていた。麗奈は、アトリエで絵を描くよりも、他のことをしていることの方が多くなっていた。

本を読んだり、果実酒を作ったり、手芸をしたり。麗奈はじっとしていられないヒトだ。手先は動かしているけれど、絵は描いていない。

麗奈がこたつを出してくれて、私は、その中で丸まっていることが増えた。とにかく眠くて仕方がない。


二学期がはじまった。

さぼり過ぎたせいで、座学はついていけず、実習は時間が足りなくてろくな提出物ができなかった。休み中、全く課題に手をつけていなかったせいだ。

授業中、寝ていたせいで講師に出ていけと言われ、その通りにした。

学校の前で缶ジュースを飲んでいると美優さんがやってきた。ずいぶん久しぶりな気がする。

「学校、来てくれてありがとう」

美優さんは、自分の買った缶コーヒーを私の缶ジュースにカチンとぶつけた。

「美優さんに会いたくてさ」

美優さんは笑ったけど、それは本心だった。

チーフとの一件は、デザイン事務所で知り合った人全員にメールでぶちまけたが、学校には何も言ってなかった。美優さんが聞いてるかどうかは知らない。

「コンペ、出さなかったの？」

美優さんに言われて、思い出した。とっくに〆切は過ぎている。

「うちで出したの、雅人《まさと》くんだけよ。あなたと同じクラスの」

あいつ、出したのか。

「彼、夏前のコンクールでも入賞してたし。それで審査員の桐谷《きりや》先生のとこで預かりになったんですって」

あいつ、いつの間に、そんな……。

「そうなんだ、やったじゃん」

本心からそう言いたかった。けれど、無理矢理な笑顔になってしまった。

「だから、麗奈さんもがんばって」

悪気はないだけに、美優さんの言葉が痛い。

「うん」

私は、大きく息を吐いた。

「なんかさ、分かったんだ。ずっと自分に才能があると思ってた。おっさんたちにちやほやされて勘違いした。私なんか、まだまだだ」

私の言葉を、美優さんが黙って聞いていた。

「おう、お前なんかヒヨッコのぺーぺーだ」

いきなり後ろから野太い声がして、振り返った。

「鎌田《かまた》先生」

ベテランの非常勤講師だ。煙草の箱を手にしている。

「話に割り込んでくるなよ！」

私は先生の薄い頭髪をにらみつける。むしってやろうかと思う。自分のいたらなさは、自分でよく分かっている。

「だが、自分でそれに気づけたなら、少しは見込みがある」

それだけ言って、さっさと喫煙所に行ってしまった。

最大級の元気づけなのかも知れない。それでも、私の気持ちは晴れなかった。

雅人、あいつは、ちゃんとやってたんだ。それなのに私は、何もしてなかった。

寝転がっている麗奈に、私はそっと身を寄せた。

「あいつに負けた……負けたどころか、勝負にもなってないよ。私、何も出せなかったんだもん」

麗奈が私の身体を撫でてくれる。

「あたし、これからどうなるのかな、絵しか取り柄がないのに。ミミ、全部、全部自分に返ってくるよ、自分よりダメだと思ってたヤツに投げてた言葉が全部、才能ないとかやめろとか、全部……」

麗奈が震えた。

「助けて、あたし、自分が嫌いでたまらない」

麗奈の頬《ほほ》を流れる涙のしずくを、そっと舌ですくい取った。温かい。麗奈の命の味がする。

麗奈の強さが、失われてしまう。私は、本当に久しぶりに、チョビのことを思い出した。

# 五

チョビに会うのは、ずいぶんと久しぶりだった。チョビは、私が思っていたよりも、小さい姿をしていた。私が大きくなってしまったのかも知れない。

気後れする私に構わず、チョビは、つい昨日まで会っていた友達のように話しはじめた。

「大丈夫だよ、ミミ、大丈夫」

チョビは何度も大丈夫を繰り返した。

「なんで大丈夫って分かるの」

チョビを前にすると、どうしても甘えた口調になってしまう。

「強いだけのヒトはいないけど、弱いままのヒトもいないんだ」

「それから、おめでとう」

私のふくらんだお腹を見て、チョビが言った。

お腹の中には、仔猫がいる。カギシッポの仔だ。

私は、チョビより一足先に大人になってしまった。

いつもなら、信じられたチョビの言葉が、心から信じられない。私は不安でたまらない。

私は、出産の準備をはじめた。私はもう、私であって私じゃない。私と私たち。私はとても弱く、そしていずれくる出産の瞬間のために力をためていた。

私から仔猫を奪おうとするすべてに立ち向かう勇気と、これから自分の身体に起こることへの恐れが一緒くたになって渦を巻き、自分で自分が分からなくなっていた。

その中で一つだけ、強く思っていたことがある。

絶対に、麗奈《れいな》に迷惑をかけないということだ。

麗奈は今、傷ついてる。麗奈が弱っているときに、心配をかけさせたくない。

出産が近づくにつれて、私の行動は本能に突き動かされるように自動的になっていた。すべきことは、私の本能がすべて知っているのだ。

アパートの共同の物置に、私は潜り込んだ。スキー板や積みあがった段ボールの隙間《すきま》に、あちこちからボロ布を集めて、ベッドを作る。冬の寒さで、体力が奪われていた。

陣痛がはじまったとき、私は確信した。

出産が終わるまで、私の体力は持たない。

私は小さくて耳の遠い、一番弱い猫なのだ。母になるからといって、それが覆せるわけではない。

一匹目が産まれた。袋をやぶり、息をさせる。にぃと、か細い鳴き声が聞こえたとき、私はこの上ない喜びを味わった。生きていて良かった。

「……ミミ……」

カギシッポの声が聞こえた。

こんなときなのに、私は耳が悪いからカギシッポが何を言っているのか聞こえない。

「なあに、カギシッポ」

だから、その言葉を聞きたくて、カギシッポの方に近づこうとする。いつの間にか、周りに薄桃色のコスモスが咲いていていた。なんだか、とてもいい香りがする。

カギシッポが遠ざかっていく。

「待って……」

そのとき激痛が走った。

「痛い！」

私の尻尾を誰かが噛んでいる。カギシッポも、コスモスも消えてしまった。あたりは薄暗い物置の中だ。

尻尾を噛《か》んだのは、チョビだった。

「どうしてここにいるの？」

自分の縄張りを荒らされた怒りがわいてきた。

「飼い主を呼んでくるから」

落ち着いた声で、チョビは言った。

「余計なことするな！」

私は全身の毛を逆立てて怒った。

「でも、このままじゃ危ないよ！」

私の叫びを無視して、チョビは雪の中へ跳び出していく。

私は最後まで強くなれなかった。

陣痛なのか、心の痛みなのか分からないけど痛くてたまらない。

こんな私、麗奈はきっと救ってくれない。


このところ、ミミの姿を見ない。ミミにまで捨てられてしまったのかも知れない。

猫缶を用意して、待っているのに。

窓の向こうを、白い何かが、横切った。

ミミ？

扉を開けると、首輪をした白猫がいた。見覚えがある。いつか、ミミが連れてきた猫だ。

その猫は、私を誘うように、走り出した。

胸騒ぎがして、私はついていく。

そこは、アパートの共同の物置だった。私はその中で、か細い声で鳴く産まれたての仔猫と、血まみれのミミを見つけた。

「ど、ど、どうしよう」

私は、気が動転して、でも、なんとかしなくちゃいけなくて片っ端から、電話した。

最初に、電話に出てくれたのは、雅人《まさと》だった。

「すぐに、行くから」

支離滅裂《しりめつれつ》なことを言う私のところまで、雅人はタクシーを飛ばしてきてくれた。

# 六

やがて、次の春が来た。

麗奈《れいな》のアトリエは、私の仔猫たちでいっぱいだ。

雅人ってヒトが私と麗奈を病院に連れていってくれて、残りの仔猫は、病院で出産した。

私のお腹には、そのときの大きな傷が残っている。不格好《ぶかっこう》だけど、カギシッポとおそろいだと思った。

麗奈が、じっと私の仔猫を見つめている。

絶対捨てちゃダメだよ。捨てさせないからね。

「ミミ、そんな怖い顔しないでよ。ちゃんと兄弟全員、ステキな飼い主みっけるからさ」

麗奈は片っ端から電話をかけまくり、その言葉通り、私の子どもたちはステキな人たちのところに、もらわれていった。一人一人、私が確認したのだ。気に入らないヤツが来たとき、私は仔猫たちを隠してしまった。

麗奈の描いた、私と五匹の仔猫の絵。

それを見て、私はみんな元気かな、と想像する。

そして、変わったことがもう一つ。出産と子育てを終えた私は、すっかり麗奈の部屋に居着いてしまった。

私は、麗奈の飼い猫になった。

だから私は、彼女の猫だ。

第三話

# まどろみと空

# 一

親友と、大喧嘩をした。


大好きな麻里《まり》。小学校の頃から、ずっと一緒だった。

麻里と会ったのは小学校四年生のとき。麻里は大きな病気で一年休んでたから、年齢は一つ上だったけど、私たちには全然気にならなかった。

「葵《あおい》ちゃんに会ったとき、まるで自分みたいだなって思ったよ」

後で、麻里はそう言ってくれた。私も、全く同じことを思ってたから、うれしかったな。

麻里とは、学校でも家でも一緒だったし、すぐに家族ぐるみで付き合うようになった。

私は一人っ子だったけど、麻里のことは本当の姉妹みたいに思ってた。ううん。本当にお姉ちゃんや妹がいたとしても、こんなに仲良くはなれないと思う。

いつも二人で一緒にいたせいか、先生にも親にも、見分けがつかないって言われるくらい、格好も性格もそっくりになっていった。私たちは精神的な双子だった。

好きな授業（図工）も、好きなおかずも、全部一緒。好きなテレビ番組も、好きな歌手も一緒。麻里がふと口ずさんだ曲と同じものが、私の頭の中でずっと流れていて、驚いたこともあった。なんでこんなマイナーな曲がかぶるの！　と大袈裟《おおげさ》に笑い合った。

好きになる男の子まで、一緒だった。

それでも仲が悪くならずに済んだのは、私たちが本気で好きになった男の子は、漫画の中の登場人物だったから。

二人で夢中になって、その男の子のステキなところを話し合った。私が、その男の子と、どこどこに行きたいとか、こんなふうに過ごしたいとかそういう話をすると、麻里が、そんなときはきっとこう言ってくれるよってセリフを考えてくれた。

それが楽しくて、私と麻里は思春期を、二人の作りあげた世界の中で過ごした。

私も麻里も絵を描くのが好きだったから、一緒にその漫画の絵を描いて、漫画家の先生にファンレターを送った。年賀状（しかもちゃんと二通！）が来たときは、跳びあがって喜んだ。

はじめは漫画家の先生や、親に見せるために描いていた漫画だけど、だんだんと凝ったものを描きたくなってきた。他の人が描いた漫画のキャラクターじゃなくて、自分たちの考えたキャラクターを描くようになった。

いつしか、麻里が話を考えて、私が絵を描くようになっていた。

麻里は、私以上に私の描きたいものを知っていた。

私たちの描いた漫画を、コンビニでコピーして、ホチキスで綴じてイベントで売ったこともあった。そういう本を持ち寄って売るイベントがあるのだ。

ちっとも売れなかったけど、楽しかった。

就職先はさすがに別々だったけど、麻里は毎日のように私の部屋に来て、私たちの漫画、私たちの世界の話をした。

コンビニのコピーで作っていた本は、印刷所にお願いして少部数の本を作ってもらうようになり、売れる数も増えてきた。

そんなとき、本を売るイベントで、出版社の人に声をかけられた。誰でも知っている漫画雑誌の編集部の人だった。

私たちを見つけてくれた人がいた！

漫画家の先生にはじめてファンレターをもらったときと同じくらい、私と麻里は喜んだ。

でも、今思えばあんな話が来たせいで、私たちはおかしくなってしまったんだ。

私たちは漫画雑誌の編集の人に見せる漫画を描くことになったんだけど、結局、その漫画はいつまで経っても完成しなかった。

あのとき、チキンのファストフードショップで、私たちは向かい合って座っていた。

「ごめんね、葵」

麻里が謝った。

私は黙ったまま、指先を鳥の脂《あぶら》だらけにして、不機嫌に食事を続けていた。

麻里は、話を書けなくなっていた。私が決めた〆切になっても、編集の人が決めた〆切を過ぎても、新しい話は出てこなかった。

麻里の話がなければ、私は何も描けない。

これまで麻里は、私のための物語を書いていた。でもこれからは、読者という、顔の見えない漠然とした誰かのために物語を書かなければならない。

私のために書けるなら、誰のためにだって書けると思っていた。なのに書けないなんて、さぼってるだけだと思ってた。

体調が悪いなんて言ってたのも、全部言い訳だと思ってた。

私は麻里が見えなくなって、せっかくのデビューのチャンスが、手のひらからこぼれ落ちていくことに焦っていたんだ。

ぼそぼそと言い訳を続ける麻里に、私は生まれてはじめて怒りを感じていた。

「死ねばいいのに」

本当に、ひどい言葉を投げつけてしまった。

麻里は黙ってその言葉を受け止めた。そのときの、青ざめた顔が忘れられない。

次の日。その言葉が現実になった。


一年で、一番寒く、恐ろしい季節がやってきた。獲物《えもの》が減って満足な栄養も熱量も得られず、それなのに冷気が容赦《ようしゃ》なく体力を奪う。

冬は、弱いヤツから死んでいく季節だ。

クロはもう、何度この季節を乗り越えてきたか知らない。

分厚い毛皮に守られた、分厚い皮下脂肪を揺らして、のそりと歩き出す。見栄えはともかく、この脂肪がクロを守ってくれる。

クロは自分の毛皮の色が本当は何色だったか覚えていない。今の毛皮は、黒と茶色の間のあらゆる色が、入り交じった色だ。

こう寒いと、縄張《なわば》りのパトロールも億劫だ。

「俺も年を食っちまったな……」

ぼそりとつぶやくが、聞いてくれる猫はいない。カギシッポが逝ってから、クロはこのあたりで一番強い野良《のら》猫になってしまった。クロとつるもうとする猫は、もういない。

王者とは、孤独なものだ。他の猫は滅多にクロに近づかない。たまに気概《きがい》のある猫がボスの座を巡ってクロに挑戦し、破れて逃げ帰る。

クロの顔は傷だらけだが、尻も尾も、飼い猫のようになめらかだ。クロは相手に背中を見せたことがない。

クロの縄張りは広い。その上、他の猫の縄張りも、見て歩かなければいけない。それは、犬のジョンの頼みだからだ。クロは、ジョンに恩義《おんぎ》がある。

クロは決まった餌場や寝床を持たない。この街のすべてが、自分の家だと思っている。

「昼飯、どうすっかな……」

クロの頭の中に、様々なメニューが並んだ。公園の猫好きな婆さんが用意してくれる猫缶。通り抜け自由な中華料理店、イタリアンレストランの裏にあるゆるんだゴミバケツ……。

今日は、久しぶりに、あそこのカリカリにするか。

そう決めて、クロは歩き出した。


駅から離れると、道が広くなり、背の高い建物が減ってくる。葉がすっかり落ちてしまった木々の間を抜けると、神社が見えてきた。

神社の裏は、全く同じカタチの建て売り住宅がずらりと並んでいる。どの角を曲がっても、どの通りを渡っても代わり映えしない景色が続くと、目まいがする。他の猫が寄りつかないわけだと、クロは思う。
建売住宅の一軒が、クロの行きつけの場所だった。といっても、この前来たのは夏。来るのは久しぶりだ。若い猫同士の縄張り争いから目

前に来たときは、芝生が青々としていたが、今はすっかり枯れている。でも、踏んだときの感触は、今の方が面白い。

クロは枯れ芝の感触を十分に楽しんでから、住宅と住宅の間のブロック塀をのぼり、カーポートに張り出したプラスチックの屋根へと跳び移る。そこから二階のベランダへ辿《たど》り着いた。

ベランダには、空の植木鉢と、錆びた植木ばさみや園芸の道具が転がっていた。しなびた多肉植物と、エアコンの室外機の間に、アルミの皿が置かれている。

クロは室外機に跳び乗って、部屋の中をのぞこうとした。大きな花柄のカーテンが閉まっている。窓ガラスに身体を寄せると、ひんやりと冷たかった。

「にゃあにゃあ」

甘えた声を出してみる。他の猫に聞かれたら、ボスの立場は台無しだが、他の猫はこのあたりには寄りつかないはずだ。

サッシのガラスに触れると、肉球の跡がついた。サッシの隅にもほこりが溜まっている。

長らく開いてないようだった。ベランダの植物も手入れが全然されていない。

「留守……か?」

いつ来ても、女性が二人いて、ご飯を用意してくれたのだが……。

カァカァと、カラスがバカにしたように鳴くので、腹が立った。アルミの皿には、汚れた雨水が溜まっている。先客がいた様子もない。

思い切り大きなアクビをして、それでも未練がましくしばらく待ってみるが、彼女たちが出てくる気配はない。久しぶりに来たのに、空振りだった。

「俺もヒマじゃないんでね……」

次の縄張りを見回るため、クロは空腹を抱えて、歩き出した。


カラスの鳴き声がうるさくて、目が覚めた。

部屋の気温があがっている。大きな花柄の分厚いカーテン越しに太陽を感じる。

すぐには、今が朝か夜か分からない。ベッドから這い出す格好が、姿見の鏡に映った。

もう何日着ているのか分からない、よれよれのパジャマ。髪の毛もぼさぼさでひどいものだ。両親はとっくに仕事に出かけて、家の中は静まり返っている。

何もしていないのに、お腹は空く。一階におりてキッチンに向かった。テーブルの上に、ラップのかかったサンドイッチを見つけたが、食欲がわかず、冷蔵庫を開けた。中でパックに入ったエクレアを見つけた。

おいしいと感じたのは、最初の一口だけ。甘ったるさに気分が悪くなってきて、半分以上、捨ててしまった。

外では、まだカラスがうるさく鳴いている。カラスの数が増えている気もする。群れをなしてゴミでもあさっているのだろうか。誰かが適当なゴミ出しをしたのかも知れない。わざわざ見に行く気力はない。もうずいぶん外に出ていない。

私は、身体を引きずるようにして、階段をあがった。

ベッドに身を投げ出すと、頭から毛布をかぶり、私は胎児《たいじ》のように手足を縮めて眠った。

ちりん、と鈴が鳴った。

小学生の頃の麻里が、私の部屋にいた。

麻里の手首に結ばれたカラフルな紐の腕輪に、鈴が付いている。確か、ミサンガといった。刺繍《ししゅう》糸を編んで作るのが、あの頃流行った。麻里が作ったミサンガはとても上手だったけど、私は編み物が下手で、それでも私が作ったミサンガを、麻里は喜んでしていた。確か、ミサンガが切れると、願いが叶うのだ。

「麻里ちゃん、ごめんね」

私は、麻里の小さな手を握って、謝った。ちりん、ちりんと鈴が鳴る。

「だって、仕方ないよ。葵ちゃん」

麻里は、優しく笑ってくれた。

私はほっとして、何か飲みたいと思う。場面は、いつの間にか、最初に勤めた会社の給湯室になっていて、私は手にコップを持っている。

給湯室の奥は薄暗くて、そこに何かが潜《ひそ》んでいることを、私は知っていた。それなのに、私は給湯室から出られない。

「葵ちゃん！」

小さな麻里が、助けに来てくれた。

「私、大丈夫だから。逃げて、葵ちゃん」

小さな麻里が暗闇に飛び込む。私は怖くて逃げ出す。

私、麻里を見捨ててしまった。

場面は干あがったプールになる。プールの底は、風呂場の細かいタイルが敷き詰められていて、ちょろちょろとだらしなく水が流れ、あちこちにゴミ袋が散らばり、破れた穴から生ゴミが飛び出している。

麻里を見捨てたせいで、こんなところに来てしまった。

「ごめん、麻里……」

ちりん、と鈴が鳴った。

「葵ちゃん！」

麻里が飛び込み台に腰かけているのが見えた。

「葵ちゃんは逃げていいんだよ」

そう言って、麻里はにこりと笑う。

「麻里……」

麻里が許してくれた。救われたという気持ちと同時に、嘘だ、という気持ちがわきあがってくる。これは、麻里の気持ちじゃない。私の心が、私を守るために見せている夢なんだってことを、私は知っている。

プールの底に、濡れた新聞紙が落ちていて、それがガサガサと生き物のように動いた。中から、カラスの鳴き声が聞こえて、私は目が覚めた。

外から、カラスの鳴き声が聞こえた。

夢の中で、麻里と会えた。

麻里は、もうこの世にいない。

「死ねばいいのに」

そう言った翌日、麻里は急性心不全でこの世を去った。

携帯が鳴り、麻里の番号から、麻里の母親が電話をかけてきて、そのことを告げた。急性心不全というのは、病名でも原因でもない。ただ、心臓が止まった状態で見つかったっていうこと。

麻里は、もともと心臓が弱かった。

でも、私は知っている。きっと麻里は、私が殺したのだ。

私は、すぐに麻里のところに駆けつけようとしたのだけれど、家から一歩外に出た途《と》端《たん》、心臓がつぶされるようになって、息ができなくなってしまった。貧血のように目の前が暗くなって、立ちあがれなくなった。

よくあるメンタルの病気らしいけど、病名なんてどうでもいい。

私はそれから、一歩も外に出られなくなってしまった。

あたしがこたつの天板から身を乗り出すと、ママがこたつ布団からのそっと出てきて、布団の上に、ごろん、と寝転がった。

こたつで温まったら、外の布団の上で身体を冷まして、身体が冷えてきたら、またこたつに潜り込むのが最高よ、とママは言っていた。

「ママ、見てて！」

布団を転がるママに呼びかける。

「見てるよ、クッキー」

ママはヒゲと耳をピン、と立ててあたしをしっかり見る。

あたしは、ママの仔で、名前はクッキー。白い毛皮に、チョコレート色の縞《しま》があって、その模様がマーブルクッキーみたいだから、麗奈《れいな》がこの名前をつけてくれた。クッキーが何なのかは知らないけど。きっとステキなものだと思う。

「今行くからね！」

そう言ってみたけど、跳びおりるには、心の準備が必要だ。天板の上を行ったり来たり、顔を出したり、引っ込めたり。そうしてると、だんだん跳びおりる気力がたまってくる。

そしてようやく、あたしは力の限り、ぴょんとジャンプする。

ぽふっ。布団の上、ママの隣に着地。

「できたよ！　楽しい!!」

ママがうれしそうにした。

「すごいね、えらいね、クッキー」

あたしは、ママにつかまって、全身を舐《な》め回された。ママの毛繕《けづくろ》いは、くすぐったくて、気持ちがいい。あたしは、喉をごろごろと鳴らした。

「あたしね、もっともっと高いところから跳べるようになるよ」

あたしは、ママに頭の後ろをこすりつけながら、言った。

「きっとなれるよ」

「天井からだって、屋根からだって、どこからだって跳べるよ」

きっとどこからだって、跳べるはず。

この部屋はあちこちにジャンプできそうなところがある。麗奈の絵の道具や、積みあがった雑誌や、開けっ放しの押し入れ。これから、ママと一緒に一つずつ制覇《せいは》していこう。

「うん。そうしようね」

ママはまた、あたしをぺろりと舐めた。

あたしには四匹の兄弟がいて、みんな、他の飼い主のところにもらわれていった。麗奈の部屋に残ったのは、あたし一匹。一番小さくて、病気ばっかりしてたから、引き取り手がなかった。要らないって言われるのは悲しいけど、ずっとママと一緒なのはとってもうれしい。

ママと一緒にジャンプの練習をしていると、冷たい風が吹き込んできた。部屋のドアが開いていている。

「ただいま〜」

麗奈だ。


部屋に戻ると、ミミの後ろにくっついて、クッキーがトコトコとやってきた。

ミミが私の匂《にお》いを嗅いでから、私の足に後頭部をこすりつける。

「外の匂い、する？」

そう尋ねてみる。

クッキーもミミの真似をして、私の匂いを嗅いでいる。

ハッキリ言って、仔猫というものは、どうにかなりそうなほどカワイイ。クッキーを見ていると、決意が揺らぐが、この気持ちに流されてはいけない。

私は、クッキーとミミを引き連れて、一緒にこたつに入った。

「クッキーをもらってくれる相手が見つかったよ」

分かるのだろう。ミミの毛が逆立った。

ミミは、弱くて小さいクッキーの面倒をずっと見ていくつもりだったのかも知れない。

でもやっぱり一人暮らしで二匹の猫を飼うのは大変だ。昼間は学校があるし、これから美大の受験で、地方に行かなきゃいけないこともある。

「ねぇミミ。近所だから、クッキーとはいつでも会えるよ」

私の言葉を無視して、ミミはクッキーの首根っこをくわえ、こたつの中へ潜り込んでしまった。

にゃあ、とこたつの中でクッキーが鳴いた。クッキーには分からないのだろう。

ミミだけが出てきて、私の足にパンチをした。

「この仔は、独り立ちにはまだ早い」

そう言っているように思えた。


翌日の夕方、クッキーの引き取り手がやってきた。近所の女の人だ。おばあちゃんが見つけてきてくれた。ホント、おばあちゃんには世話になりっぱなしだ。

その女の人は、私のママとおばあちゃんの、ちょうど真ん中くらいの年齢で、年の割に服の趣味はよかった。

彼女が持ってきた手土産を見て、私は思わず噴き出してしまった。

「この仔、クッキーって呼んでるんです」

「あら、そうなの」

老婦人は、上品に笑った。老婦人の手土産は、クッキーだった。

「じゃあ、私もクッキーって呼ぶわね」

「名前は、ご自由に」

「気に入ったわ。クッキーってかわいいじゃない」

感じのいい人でよかった。

「猫、飼われてたんですよね」

お茶を淹《い》れながら、念のため、私は尋ねた。

「娘が小さい頃……もう十、二十年近く前かしら。亡くなったとき、娘はわんわん泣いて、それからもう猫は飼わないって思ったんだけど」

「はじめてじゃないなら、安心です」

私は、老婦人が持ってきた真新しいケージに、クッキーの好きな毛布と、ビニール袋に入れたトイレの猫砂を詰めた。クッキーは興味津々《きょうみしんしん》でケージの匂いを嗅ぐと、自分から入っていった。手のかからない子だ。

老婦人は、しゃがんで、ミミと向き合った。

「お嬢さんをもらっていきますね」

ミミの目に、敵意が宿る。私はあわててミミを抱えあげた。ミミの尻尾《しっぽ》がふくらんでいる。かなり怒ってる証拠だ。

「クッキーちゃんが来てくれたら、うれしいわ」

老婦人は、ケージの中できょとんとしているクッキーに話しかける。

ミミは、私の手の中から跳び出し、爪研《つめと》ぎ用の板で、思い切り爪を研いでいた。おさまらない気持ちを発散させてるみたいだ。

好きな餌や、トイレのしつけの話を一通り聞くと、老婦人はクッキーを連れて部屋を出ていった。

にゃあ、とミミが鳴いた。

「会いに行くね、クッキー」

にゃおにゃおと、クッキーが情けない声を出した。

「絶対だよ。ママ、約束だよ、ママ」

そんなふうな会話をしているように、私には思えた。

最後の仔猫が、家を出ていった。

「行っちゃったねえ」

私は、優しくミミの背中を撫《な》でた。

# 二

「静かだなあ……」

前の家は賑やかで、いつも麗奈《れいな》かママがあたしを構ってくれた。この家ではあたしを連れてきてくれたおばさんも、その夫のヒトも、朝早くから外に出かけてしまう。帰ってくるのは、夜遅くなってからだ。

あたしはひとりぼっちで、この家に来てからしばらくは、ずっと泣いてばかりだったけど、ひとりにも慣れて、ようやく探検する気力がわいてきた。

しばらくあたしは、階段をのぼったりおりたりして遊んだ。麗奈の家にはなかったけど、この階段というのはなかなか面白い。

それから水を飲んで、カリカリしたキャットフードを食べてから、寝転がる場所を探す。

あたしは、陽のあたる場所を求めて、家の二階を探検してみた。

半開きのドアから中に入ったあたしは、もう少しで心臓が止まるところだった。電気も点けていない部屋の中で、女のヒトが座っていたからだ。

あたしは毛を逆立てて、トン、と四つ足で後ろにジャンプした。その音が、ヒトの注意を引いてしまった。長い髪を無造作に結んだ、女のヒトだった。麗奈が寝るときに着ていたような服を着ている。

大きな花柄の窓は、カーテンを閉じたままで、陽の光を透かして、ぼうっと光っている。

女のヒトはゆっくりと、あたしの方を向いて
「出てって」

と、言った。

そう言われても。あたしは思い切って
「あなたはだぁれ」

そう尋ねる。でも彼女は、「出てって」と言うだけだった。

部屋の中は、麗奈の部屋とよく似た雰囲気だった。でも、こっちの方が本や物が多い。匂いを嗅ぐために、近づいた。彼女は、獲物の匂いがした。狩られる側、衰え弱ったものの匂い。

彼女が、あたしに触れる。彼女に触れられると、彼女の痛みが伝わってくるようで、触れられたところがひりつくように痛んだ。

カァア！

窓の外から大きな声がして、あたしはまた四つ足でトン、とバックジャンプをした。羽音と共に、カーテンの向こうに、大きな鳥のシルエットが見えた。

今度こそあたしは仰天して、部屋の中を滅茶苦茶に走り回った。どこでもいいから、隠れられる場所！　机の下や、暖房器具の裏、積まれた雑誌の間を全速力で走り回った。

「やめてよ！」

かすれた声で、彼女が叫んだ。

あたしは一番高い戸棚にのぼって、そのてっぺんで尻尾をぱんぱんにふくらませていた。

「私の部屋が……」

彼女は顔を覆って、泣き出してしまった。

なんで泣いてるんだろう。

気がつくと、鳥のシルエットは消えていた。危ないところだった。あたしは、自分を落ち着かせるために、毛繕いをはじめた。

あたしの足に、きれいな紐がからまっているのを見つけた。銀色の鈴が付いた、輪っかだ。走り回っているうちに、どこかで引っかけたみたいだ。

あたしは、そろそろと戸棚からおりて、泣いている彼女に近づいた。

ちりん。

あたしが歩く度に鈴が鳴る。邪魔だ。

「ねぇ、あたしから、これ取ってほしいんだけど」

彼女は泣くのをやめて、あたしを見て、それから鈴の付いた紐を握って、さっきより激しく泣きはじめた。

あたしには、さっぱり意味が分からない。

「ありがとう。見つけてくれてありがとう」

彼女はあたしを抱きしめて、ゆっくりと、瞬きをした。その動作があたしを安心させた。

「クッキーちゃん」

あたしはにゃあ、と返事をする。

「クッキーちゃん。葵《あおい》よ。よろしくね」

それから、葵は、あたしに水をくれた。


手の中のミサンガを眺めながら、夢みたいだと思った。

猫を飼うのは反対だった。私の漫画を汚されたりしたらたまらないと思ったし、私の病気の治療のためというのが透けて見えるのが嫌だった。認めたら、本当に病気になってしまいそうだったから。

でも、この仔、クッキーが麻里のミサンガを見つけてくれた。ずっと前に麻里が私の部屋で失くしたやつだ。

クッキーは、一生懸命水を舐めている。

麻里は猫が好きだった。

そういえば、はじめて麻里が家に来たのは、猫を見たいって言ったのがきっかけだったっけ。私が生まれる前から親が飼っていた猫のジェシカはおばあちゃんで、いつものんびりしていた。ジェシカが亡くなったときは、私も麻里もわんわん泣いて一緒に火葬場までついていった憶えがある。

それから、母親は猫を飼いたがらなかったけど、私と麻里は近くにいる野良猫を餌づけしようとがんばっていた。

うちに来たのは、汚い大きな野良ネコ。ちょくちょくやってきては、うちのベランダでカリカリのキャットフードを食べていって、その食べっぷりはダイナミックでなかなか見応えがあった。

「ありがとう、クッキー」

私がクッキーにそう言うと。

にゃあ。

クッキーが返事をしてくれた。

葵の家は二階建てで、三人暮らし。葵とその両親。父親の方は、あたしにあまり関心がない。あたしも、彼に関心はない。母親の方は、あたしを、家に連れてきたヒト。きちんとあたしに挨拶をするから、あたしも気が向けば、にゃあと、鳴いてみせる。母親の方は、お昼に一度帰ってきて、葵の食事を作って、あわただしく出ていく。

葵はお昼頃起きてきて、黙ってそのご飯を食べる。その前に、あたしのご飯を用意してくれる。

だから、あたしの飼い主は、葵で、あたしは彼女の猫……なんだと思う。

葵は一日中、ずっと家の中にいて、生きているのか死んでいるのか分からない顔をしていることが多い。葵の部屋は、楽しそうなものがいっぱいなのに、葵が遊んでいるのを見たことがない。

あたしが遊びに誘っても、葵はあたしをぼんやりと眺めているだけで、なかなか一緒に遊んではくれない。

そのくせ、決してあたしを外に出そうとはしなかった。

葵は、ベッドの中で目を閉じていることがほとんどで、あたしたち猫と同じくらいよく眠る。猫と違うのは、時々、涙を流すこと。泣いてばかりいると、目の下が涙焼けしてみっともなくなる、とあたしはママに教わった。一応、葵にも教えてあげたけど、分かったかどうかは知らない。

葵がなんでこんなに悲しいのかも、あたしには分からない。

あたしは時々、ママに会いたくなって、泣いてしまうけど、葵のようにいつまでも悲しみっぱなしではない。

葵を見ていると、たまに息苦しくなることがある。

静かな部屋の中で、息を潜めるようにして、あたしは、生まれてはじめての冬を過ごした。

## 三

あっという間に春になってしまった。

冬の間は、全く夜、眠れなかった。一晩中、朝になったら外に出ようと考えていて、その気になるのだけれど、陽が昇ると、外に出ようと考えただけで、ものすごい不安が襲ってくる。また、心臓が締めあげられるような激痛が襲ってきたらどうしよう。息ができなくなったらどうしよう。外に出ようとしただけで、身体が動かなくなる。死ぬほどの恐怖を感じてしまう。

それでも私は、外に出たい。だから、家でやれることを、少しずつ減らしていった。家でできることがなければ、外に出られるかもしれない。

携帯を捨て、テレビを捨て、本と漫画を捨てた。

こんなに身軽になったのに、それでも私は動けない。

麻里《まり》にも、両親にも申し訳なくて、私は自分を責めてばかりだ。

近頃は、食事も一人で取ることが多くなった。誰にも私を見てほしくない。

焦りばかりがわき出してきて、押しつぶされそうになっても、どうにもならない。

もう、夢にも麻里は出てこない。

私は、幻からも見捨てられてしまった。


春になって、桜が咲いた。あたしは、こんなにきれいなものをはじめて見た。

いつもカーテンを閉めている葵《あおい》も、このときばかりはカーテンを開けて、あたしと葵は並んで桜の花を眺めていた。

ベランダに気配を感じた。

「先手必勝！」

とばかりに思い切り威嚇《いかく》してみせる。ガラス戸の向こうには、大きく太って、汚い毛皮の雄猫がいた。

「俺とやる気か？」

そう言って、そいつはすごんだ。

「そうよ。かかってらっしゃい」

ばんばん、とガラスを叩く。ガラス越しなら何も怖くない。向こうにどんな強いやつがいても、絶対安全なんだから。

「親子そろって生意気だな」

太った猫はそんなことを言った。

「ママは生意気じゃないもん」

ママの悪口を言われて、あたしはちょっとムッとした。

「母親じゃない、父親の方だ」

「パパを知ってるの？」

「俺は何でも知っている」

「それじゃあ、聞きたいことあるの」

「父親のことか？」

「違うわ」

パパのことは、ママからたくさん聞いて知っていた。

「葵《あおい》のことよ。あたしは葵の猫なんだけど、葵はどうすれば元気になるの？」

「そんなことは知らん」

「何でも知っているって言ったのに〜。嘘つきだな〜」

「うるさいガキだな……」

太った猫があたしをにらみつけたとき、いきなり葵がガラス戸を開けた。

葵ってば、なんてことするの！

あたしは腰が抜けそうになって、あわてて、飛び跳ねながら机の陰に隠れる。何かを引っかけて、葵の荷物を散らかしてしまった。

太った猫が、ニヤリと笑う。葵は、カリカリをベランダのアルミの皿に入れた。跳びかかるように、太った猫が食らいつく。

その食べっぷりは、見惚れるほどだった。

「お腹空いてたんだね～」

あたしの言葉に返事もしないで、太った猫はカリカリを貪《むさぼ》り食べた。それから、ぺろりと口の周りを舐めて、

「メシの礼だ。聞いておいてやる」

「聞くって、あなた葵と話せるの？」

あたしは弾んだ声で尋ねた。

「ジョンに聞く。ジョンは何でも知ってるんだ」

そう言って、太った猫は、ベランダの手すりに跳び乗った。大きな背中越しに、首だけをこっちに向ける。

「俺はクロ。ここらで生きていくならボスの名前くらい覚えておけ」

「何カッコつけてんのよ」

クロが立ち去るのを見送ってから、あたしが散らかした荷物を、葵が片づけるのを眺めていた。荷物の中には麗奈が持っているのと同じような、絵を描く道具があった。

麗奈はいつも絵を描いていたけど、あたしはこの部屋で、葵が絵を描くのを見たことがない。いつか描いてくれるといいなあ。


あたしを訪ねてくるのは、クロやカラスだけじゃない。

ママのボーイフレンドの、チョビという白い雄猫がちょくちょく様子を見にやってきてくれる。

「やぁ、クッキー」

チョビさんは、いつも穏やかで紳士的だ。

「チョビさん、こんにちは。ママは元気?」

「元気だけど、こないだはね、身体の右側を絵の具でピンク色にしていたよ」

それを想像して、あたしとチョビさんはクスクス笑う。

野良猫のクロは話を聞いてくれないから嫌いだけど、チョビさんはあたしの話も聞いてくれるから好きだ。

ママはケッコンするなら狩りの上手い猫にしなさいって言ってたけど、あたしはチョビさんみたいな猫がいいな、と思う。

# 四

夏が来て、麻里《まり》の一周忌が近づいてきた。

私が、麻里を殺してから一年。

「行かない！　って言ってるでしょ！」

私は絶叫した。長いこと、大声を出したことがなくて、声はかすれていた。

「行きなさい」

母親の表情は硬い。

「行かない」

「あなたいつまで、そうしてるつもり」

母親の言い分はもっともだ。そんなことは分かってる。頭では分かっているのに、感情がおさえられない。

「うるさい！」

「麻里ちゃんの一周忌なのよ。あなた、お葬式にも、お墓参りにも行けてないじゃない」

全部、全部分かってる。私だって行きたい。ちゃんと、きちんと、全部、決着をつけたい。お墓の前で謝りたい。

「出てってよ！」

でも、どうにもならないんだ。

私は身体をぶつけるようにして、部屋から母親を追い出した。大きな音を立ててドアを閉める。クッキーが、身をすくませた。

ドアの向こうでは、母親がまだ何か言っていたけど、私は言葉にならない絶叫でその言葉をかき消した。

やがて母親が、階段をおりていくのが聞こえた。疲れ切った足音だった。

私は後から後から涙があふれて、止まらなかった。


あたしは、葵の身に何が起こったのか、クロと葵《あおい》の両方から聞いた。

「麻里の墓参りもできないし、麻里の家にも行けてない。それなのに、どうしても外に出られないの」

　葵は泣きながらそう言った。

　この部屋は、葵にとって居心地がいいから出ないんじゃない。出られないんだ。いくら快適で安楽な場所でも、同じところにずっと居続けるのは、大変なんだなあ。

　ベッドの上で、葵は長い間泣いていた。あたしはなんとかなぐさめようとしたけど、葵は自分の中に閉じこもってしまった。

　切り裂くような、カラスの鳴き声が聞こえて、葵は身をすくめた。

　ベランダにカラスが舞いおりる。一羽、二羽、たくさん。

　あたしは、すぐにカラスの鳴き声の意味が分かった。

　きっと、葵が死んだら食べようとしているんだわ
　そうか、あたしより、弱いものが、この世の中には存在するんだ。

　あたしの中に、今まで感じたことのない感情が芽生えた。

　あたしが、葵を守るのよ。あたしは覚悟を決めた。

　フーッ！

　思い切り叫んで、カーテンに映る影に跳びかかった。

　ガラス窓にぶつかると、想像より大きな音がした。カラスも驚いたのだろう。羽音と共に飛び去っていった。

「大丈夫？　クッキー」

やってやったわ、という気持ちと、葵が心配な気持ち。胸の奥から込みあげてくる感情をどうにもできず、あたしは葵の部屋の中をぐるぐると回り続けた。

# 五

秋が来た。木々が葉を落とすように、葵はやせ衰え、母親との諍《いさか》いも多くなった。

一日中、ベッドから起きあがらないこともあって、そんなとき、あたしは勝手にカリカリを食べる方法を見つけた。

秋の夕暮れ、いつもと違う時間にチョビさんが来た。

「ねぇ、クッキー。言いにくいことなんだけど、ミミの具合がよくないんだ」

「ママの?」

「ミミは、君に会いたがってる」

「でもあたし、外に出してもらえないの」

「そうだよね。何か伝えることがあれば、ミミに伝えるけど」

あたしはしばらく考えても、ロクな言葉が思いつかなかった。

「がんばってって伝えて」

「分かった。ミミも喜ぶよ」

葵《あおい》が起きてきた。チョビさんはそれを見て、ぱっとベランダからいなくなった。

「ねぇ、葵、あたしママに会いたい。お見舞いに行きたいの」

葵は何も言わず、あたしの毛皮を撫でた。葵の手首に巻かれたミサンガに付いた鈴がちりんちりんと音を立てる。

葵に、あたしの言葉は通じない。葵は、あたしを離したがらない。

あたしは、なんだか腹が立ってきた。ミサンガに噛みつくと、思い切り引っ張った。

「ダメ、やめてクッキー！」

葵が叫んだ。

「なんでそんなことするの」

お願い、葵。ママのところに行きたいの。

「やめてよ、もう、出ていってよ！」

葵は私からミサンガを取りあげると、布団の中に潜り込んでしまった。

あたしは、ひとりでママに会いに行くことを決めた。

昼、一度戻ってきた葵の母親が、洗濯物を取り込んでいるとき、あたしは物干し台から、こっそりと抜け出して、屋根の上に出た。

「あたし、屋根の上からでも跳べるよ」

ママにそう言ったことを思い出した。

「うんうん。きっと跳べるよ」

ママの声が、聞こえた気がした。私は思い切って、宙へ身を投げ出した。


クッキーが逃げ出してしまった。

きっと私のせいだ。

「出ていってよ！」なんて言ったから。

ずっと家の中で暮らしていた猫は、外の世界でやっていけない。前に飼っていた猫、ジェシカも外に逃げ出して、家のすぐそばで車に牽かれているのを見つけた。

クッキーは、このあたりの土地勘がない。だから、もう、もう戻ってこれない。

こんなときなのに、両親は仕事に出かけている。

助けに行かなくちゃ。

なのに、身体が動いてくれない。私の心も身体も、私じゃどうにもできない。

麻里《まり》の一周忌に行けなかったことで、私のどこかは決定的に壊れてしまっていた。

今の私は、息をしてるだけの存在だ。

どうしよう。

どうしようもできない。震えて、布団をかぶるだけ。

麻里、麻里、お願い、助けて。


天井のない世界。

突き抜けるような蒼い空を見あげると、吸い込まれそうで、怖くてたまらなくなった。

なるべく上を見ないようにして走る。

走って、走って、あたしはようやく気がついた。この世界は、あたしが思っているようなものじゃないってことに。世界の広さは想像を遥《はる》かに越えていた。

怖い。

葵もきっと、これが怖かったんだ。

外に出て、ちょっと走れば、ママのところに辿《たど》り着けると思っていた。チョビさんやクロはいつも気軽にうちに来るから。

他の猫の匂いがした。

あたしは急に怖くなって、匂いから逃げるために、無茶苦茶に走った。

あたしを守ってくれるものなんて、どこにもない。

世界がこんなに広くて複雑だなんて知らなかった。

見たことのない路地を走り回り、疲れてしまったあたしは、背の高い植え込みの下で、一休みしようとした。それが間違いだった。

誰かいる、そう思ったときは手遅れだった。あたしの前に大柄な雌猫がいた。

「出ていけ」

凍りつくほど冷たい声だった。

「ちょっと待って」

鋭い爪を剥き出しにして、雌猫が襲いかかってきた。あたしは、あわてて走り出したけど、お尻の尻尾のつけ根を引っかかれてしまった。

痛くて、みじめで、お尻が痛くて、あたしは逃げ続けた。もう、ここがどこか分からない。あたし、おうちに帰れるのかな……。

そう思うと泣きたくなったけど、我慢した。さっきの猫が聞きつけて、やってくるとイヤだから。

何度も繰り返し考えていた。

あのときすぐ、麻里に会いに行って、「ごめんね、ひどいこと言って」って謝ってたら、麻里は死ななかったのかも知れない。

私が、すぐに動けば。変わったかも知れない。

もう、同じことは繰り返したくない。

私が助けに行けば、クッキーを助けられるかも知れない。

もう、死なせたくない。

助けに行かなくちゃ。

クッキーはあのとき、カラスから私を助けてくれた。

今度は、私が助ける番だ。

私は、ベッドから出て、上着を羽織った。

麻里、力を貸して。勝手なお願いだけど。

ちりん。麻里のミサンガが勇気をくれる。家の中は自由に動ける。私の身体はなんともない、大丈夫。

今度こそ、私は外へ行ける。

これまでにない自信を持って、玄関のドアを少し開ける。

その途端、気持ちがくじけた。足がすくむ。

たった一歩が踏み出せない。家の中の一歩と、変わらないハズなのに。

まるで、玄関の外から真空が忍び寄ってくるみたいだ。息ができなくなる。

ダメだ。外になんて出られっこない。

目の前が暗くなってきた。ドアが閉まる。よろめくように私はしゃがみ込む。

その時、右手が不自然に引っ張られた。

ちりん。

玄関ドアの取っ手にミサンガが引っかかって、外れる。

ダメ。

私はしゃがみ込みながら、ミサンガを取ろうと手を伸ばして、ドアに身体ごとぶつかる形になった。

ちりん。

手の中に麻里のミサンガが収まる。

気がつけば私は、ミサンガをつかもうとして一歩を踏み出していた。

私の片足が、玄関の外にはみ出ていた。

全身の血の気が引く。大丈夫、私には麻里のミサンガがある。

ミサンガは、手の中で、千切れていた。

そうか、願いが叶ったんだ。麻里のミサンガが、私の願いを叶えてくれた。

もう、私は外に出ることができる。

私は、家の外に一歩踏み出す。今度は私の意思で。両足が、家の外に出た。

そこには、天井のない世界が広がっていた。

麻里、ありがとう。

私は自信を持って歩き出す。

クッキー、待っててね。


川沿いの道をとぼとぼと歩く。陽が落ちてきた。

あたしの影が、気持ち悪いくらい長く伸びる。

暗くて、寒くて、怖くて、カラスの鳴き声が聞こえる度に怖くなって、身を隠した。心細くて、どうにかなってしまいそう。

あたしは疲れ切って、お腹が空いてきて、家に帰るよりも、食べ物を求めて歩き回った。

自分で獲物を獲る方法は知らないし、どこに餌があるかも分からない。だからあたしは、闇雲に歩き回るしかなかった。

ふわりと、おいしそうな匂いがした。ご飯と、魚の出汁の匂い。一直線に、匂いの源へ向かうと、そこには陶器の皿の上に食事がのっていた。ご飯にいろいろなものを混ぜて鰹節をかけたもの。食べ頃の温度に冷めている。

他の猫の餌かも知れない。でも構うもんか。思い切りむしゃぶりつく。今まで、こんなおいしいご飯は、食べたことがない。

「そいつは、俺の飯だ」

後ろから声をかけられて、あたしの心臓は止まりそうになった。最後に口いっぱいにご飯を頬張り、おそるおそる振り向く。

そこにいたのは、とても大きく、丸々と太った野良猫だった。私はごくんと、ご飯を飲み込んだ。

「クロ！」

「覚えていたか。ミミの娘」

「クッキーって言うのよ」

「お前も捨てられたのか」

「違うわ！　葵はあたしを捨てないもの」

「ならどうした」

「ママに会うために、お出かけよ」

精一杯の空元気で、あたしは言った。

「お出かけ、ね」

クロは意地悪く笑う。

「何よ」

「ついてこい」

クロはさっさと歩き出した。私は仕方なくついていく。

「クロも、ママに惚《ほ》れてたの?」

クロが喋らないので、あたしは、尋ねてみた。

「このあたりの猫はみんな、ママに惚れてたって」

「何の話だ」

「お前の母親は自信家だな」

「それじゃあ……」

「いいから、黙ってついてこい」

あたしは、クロのおかげですっかり安心し口数が多くなったけど、それから、何を言ってもクロはあたしの言葉に答えることがなかった。

たくさん歩いて、足が痛くなってきた頃、懐かしい匂いが増えてきた。

枯れ葉の匂い、松ヤニのような油の匂い……麗奈が絵を描くときに使う油の匂いだ。

あたしは、クロを追い抜いて、駆け出した。

陽は落ちていたけど、見間違えるはずがない。ママと、麗奈の部屋。

あたしは、息を大きく吸って、にゃあと鳴いた。

返事はない。

「ママも、麗奈もいないよ」

「もしかして……もう……」

クロがしかめ面をした。

「そんなこと言わないで！」

怖い考えが心の奥からわきあがってくる。もう、ママに会えないのかも知れない。

「クッキー！」

あたしを呼ぶ声が聞こえた。あの声は……。

「葵！」

あたしは、思い切り鳴いた。

「クッキー！」

葵の姿が見えた。迎えに来てくれるなんて想像もしなかった。

寝間着に上着を羽織り、裸足にサンダルという格好だった。

あたしは、葵の胸に跳び込んだ。

葵は、あたしを見るなり、大声をあげて、わんわん泣いた。

「よかったね葵。もうお外に出られるんだね」

あたしはうれしくて、にゃあと鳴いた。

「よかったな」

そう言ってクロは駆け出していった。今度うちに来たら、葵にいっぱいご馳走してもらおう。

車が近づいてくる音が聞こえた。タクシーだ。

タクシーから、ケージを抱えた麗奈《れいな》がおりてきた。

「麗奈！」

麗奈は、あたしが今まで見たことないくらい、驚いていた。

「クッキー!?」

あたしはもう一度、大きな声でにゃあ、と鳴いた。

「あ、あの、私クッキーの」

「飼い主でしょ。お見舞いに来てくれたんだ。あがってよ」

麗奈はそう言って部屋の鍵を開けた。

「ママは？　ねえ」

あたしは麗奈に尋ねる。

「落ち着けよ、すぐ会えるから」

麗奈の部屋で、あたしはママと再会した。

ケージから出てきたママは、首のところに大きくて不格好なエリが巻いてあって、後ろ足に包帯が巻かれていた。ママが、こんなに小さかったなんて、想いもしなかった。

「クッキー、大きくなったね」

ママは弱っていたけど、声はしっかりしていた。

「ママ、もう大丈夫だからね」

「ありがとう」

あたしは、ママがいつもそうしてくれたように、ママの匂いを嗅いで、毛繕いをしてあげた。

そのうち、ママは眠ってしまった。

あたしと葵と麗奈は三人で、ママをじっと見つめていた。

「すぐによくなるよ」

麗奈が言うと
「うん」

葵が答えた。

第四話

# せかいの体温

# 一

夏の朝。

日差しを避けて、ひやりとしたブロック塀の上にうずくまり、クロはその『時』を待っていた。遠くから、かすかにラジオ体操の放送が聞こえてくる。

クロは狩りのためなら、どれだけでも辛抱強く待ち続けることができる。

やがて、獲物《えもの》が現れた
皿に山盛りになった肉団子。

年配の女性が、その皿を犬小屋の前に置いた。

狩りの時間だ。

クロは巨体を宙に躍らせた。空中でくるりと回転し、四つ足で地面をつかむ。全身で衝撃を吸収して、その反動で身体を前へと押し出した。

獲物はすぐそばだ。

しかし、「敵」の反応も素早かった。犬小屋の中から、大きな影が肉団子の入った皿の上へと跳び出す。

クロが肉団子を狙っていたら、敵に捕まっていただろう。だが、クロの狙いは、肉団子ではなく、その隣、水の入った皿にあった。身体をほとんど横にして、前足で水面を引っかく。弧を描いて水しぶきが飛んだ。敵は顔に水を浴びて、目をつぶる。

その隙に、クロは肉団子を一つ、頂戴した。

美味い。

「お見事。一本取られたな」

敵――犬のジョンはそう言って、自分もゆっくりと肉団子をくわえた。

ジョンに褒められて、クロは気をよくした。ボス猫のクロと、犬のジョンは長い付き合いだ。その付き合いのほとんどは、いかにしてクロがジョンの餌《えさ》をかっさらうかという戦いだった。

「私も衰えたものだな。クロにしてやられるとは」

「俺が強くなったんだ」

はじめは本当に敵だったクロとジョンだが、今では互いを好敵手として認め合い、尊敬めいた気持ちさえ抱いている。

ヒトが作る食事はしょっぱ過ぎることがほとんどだが、ジョンの飼い主は素材の味を生かす方法を知っている。料理をこしらえた年配の女性は、クロとジョンが並んで餌を食べる姿を笑顔で眺めていた。

肉団子でお腹がふくれると、クロは犬小屋が作る日陰で、ごろりと横になった。

「なぜ、動物は、餌を食べるか知っているかね」

ジョンも食事を終えて、前足を枕に寝そべりながら言った。

「腹が減るからだろう」

当たり前のことを聞くな、とクロは思った。

「では、なぜ腹が減る?」

「生きているから、だ」

「そこだよ」

ジョンはうれしそうに尻尾《しっぽ》を揺らす。

「遙かな昔、一切食事をしない生物が栄えたことがあった」

「働かなくても、メシが食えるのか。天国だな」

「天国か、それはいい」

ジョンは笑った。

それから、ジョンは、天国を追われた生物の話をしてくれた。

働かなくても飯が食えて、誰とも争うことなく平和にいつまでも幸せに暮らしていける領域、それが天国だ。

遥かな過去に、そんな時代が少しだけあった。といってもヒトでも、猫でも、犬でも、草木でもない。植物でも動物でもない葉っぱみたいな形の生物がいて、地球上を埋め尽くすほど栄えた。

地球上の生物は、たった一種類だけ。葉っぱ型生物は、海の中の物質を分解して、力を得ていたから、食う食われるの食物連鎖も何にもなかったんだ。

「じゃあ、そいつらは何をして過ごしていたんだ？」

クロが口を挟んだ。

「何もしなかったのさ。ただ、ひたすら存在し続けただけだ。そういう幸せな時代がしばらく続いた」

「そいつらは今、どうなったんだ？」

「絶滅したよ。新しい生物が出てきて、あっという間に滅ぼされたのさ」

ジョンは静かに告げた。

その後、地球には、これまでのことを反省したように、狂ったようにたくさんの種類の生物が現れた。たくさんの種類の生物はどれも生きようともがき、互いに争い、食い合った。葉っぱ生物の天国が駄目で、たくさんの生物が殺し合う地獄がなぜ上手くいったかというと、理由は二つある。

それは、多様性と競争だ。

多様性のない硬直した状態だと、一つの理由だけで絶滅してしまう。

種と種の間の競争がなければ、より優れた（環境に合った）生物が発生してこないんだ。


「そこまで来ると、お前の話は訳が分からん」

ふわあ、とクロは大きなあくびをした。

「簡単に言えば、天国っていうのは、長続きしないということだよ」

「よく分からんが、ざまあみろ、ってとこだな」

「その通りだ」

「ジョンは、いろんなことを知っているな」

「本来、生き物は、生物が地球に誕生してから、今までのことをすべて知っているはずなんだ。みんなは忘れてしまって、私は覚えている。それだけだ」

「そんなもんかねぇ」

クロはこんなふうにして、ジョンと話をするのが好きだった。ボス猫のクロには、心を許せる猫がいない。犬のジョンはクロの縄張《なわば》りには興味がないし、いろんなことを知っているから話し相手にはぴったりだった。

「クロ、君は自分がいつ死ぬか、知りたいと思うかい？」

ジョンは、よく突拍子もないことを言い出す。

「興味はないね」

本心だった。明日より先のことなんて、クロには興味がない。

「クロならそう言うだろうと思った」

うれしそうにジョンが言った。

「俺たちは、いつ死んでもおかしくない。ピンピンしてたヤツが、夕方腹を下したと思えば、翌朝コロリと死んじまうなんてのを、何度も見てきた。車にぶつかってボロ雑巾みたいになったヤツもいたな」

クロにとって猫がすぐ死んでしまうのは、当たり前のことだった。

「かと思えば、自力で餌が取れないくらいの大怪我をしたくせに、今じゃ平気な顔で歩き回ってる猫もいるけどな」

「ミミか。彼女はたいしたもんだ」

ジョンは目を閉じ、しばらく考えごとをしていたが、やがて口を開いた。

「私はもう長くない」

ジョンの口調は、とっておきの秘密を話すときのようだった。クロはしばらく、口を開けたまま、閉じるのを忘れるほど驚いた。

「アゴが外れたか」

「お前のくだらない冗談のせいでな」

「冗談ではない」

ジョンの目は真剣だった。

「それは……何と言うか困るな」

クロは心からそう言った。

「うれしいことを言ってくれる」

「餌が出てこなくなる」

クロが茶化すと、ジョンは笑った。

「でも、ジョン、お前はピンピンしてる」

「ヒトは死ぬのを、とても恐れる――」

ジョンは話をそらした。

「ヒトだけじゃない、私たち犬や猫が死ぬのも恐れている」

「ヒトは変わってる」

「私はこの家で、老人が死ぬのを何度も見てきた」

「お前は長生きだからな」

クロは、一つの可能性を思い当たった。

「それで、死ぬのが怖くなったか」

「死ぬのは怖くないよ。眠るのと何も変わらない。僕らは毎晩、死ぬ練習をしているようなものだから」

それから言いにくそうに言った。

「でも……『彼女』のことは心配だ」

「彼女？」

ジョンは、庭に面した部屋で、洗濯物を畳んでいる女性を見据えた。ジョンの飼い主だ。立ち振る舞いはしっかりしているが、頭髪には白いものが目立つ。

「志乃《しの》さん、という名前だ」

ジョンが、そう紹介した。目が合うと、志乃が微笑《ほほえ》んで、立ちあがった。

「お前のコイビトか」

「ははは。残念だけど、志乃さんは亭主持ちだ。今は一緒に住んでいないけど」

クロは近づいてくる志乃から、ゆっくりと距離を取った。

「面倒な事情がありそうだな」

志乃は、犬小屋の前から、空になった皿を持っていった。

「仕事はしてないのか？」

「前はしてたさ。ぴしっとしたスーツを着て、そりゃあ格好よかった。でも、辞めてしまったんだ」

「ふうん」

クロは、ジョンと違ってヒトの暮らしには興味がない。

「こんな広い家に、一人暮らしなのか」

「一人暮らしなんだ。前は動けない年寄りと一緒に住んでいて、年寄りの面倒を見ていた」

「年寄りなんか、ほっとけばいいのに」

「ほっといたら死ぬからな」

「自力で生きられないヤツの面倒を見るなんて意味が分からない」

クロはそう言って、大きく伸びをした。

「彼女は、自分の人生を、捧げたんだ。ゆっくりと死んでいく老人を見守ることに」

ジョンの話を聞いて、クロはようやくジョンが何を言いたいか、分かった気がした。

「ジョンの話は回りくどいな。つまり、お前は、その年寄りみたいになりたくないんだろう？」

「そういうことだ」

それだけ言うと、ジョンは目を閉じて眠りについた。クロも、ジョンの隣で眠った。

## 二

「オ湯ガ・イッパイニ・ナリマシタ」

メロディに続けて、電子音声が、湯が張られたことを教えてくれた。

「はいはい」

機械相手に返事をして、志乃《しの》はテレビの前から立ちあがる。バリアフリーにリフォームしたおかげで、脱衣所まで段差が一つもない。風呂場にいたっては、手すりだらけだ。まだ志乃は必要としていないが、あればあったで安心だった。

電気を消したままの風呂に入り、ゆっくりと、湯船に身を沈める。

明かりを点けないのは、同居していた夫の母親に、電気代を節約しろと言われたせいだった。今思えば、家に入ってきた部外者に対する防衛反応だったのだろう。こちらも意地になっているうちに、暗い中で入浴するのが習慣になってしまった。

小さな嫁いびりなど、要介護となった彼女の言動に比べれば、かわいいものだった。

はぁ、と長いため息をつく。

天窓から月の明かりが差し込む。両手でお湯をすくうと、手の中に月が浮かんだ。笑みがこぼれる。

こんなことで楽しくなれるのだから、私は安あがりだ。

風呂から出て、寝間着に着替える。物干し台で生ぬるい夜風にあたりながら夕涼みをしていると、流れ星が見えた。

とっさに何かを願おうとして、志乃は自分が何の望みもないことに気づいた。


月のきれいな夜だった。夜が更けて若者たちの大声も、国道を行き交う自動車の音も減って、街に静けさが戻ってきた。

クロがジョンと志乃の家に到着したとき、庭には既に大勢の猫が集まっていた。街中の自由な猫たちだ。クロは、その中にチョビの姿を見つけた。クロを見つけた猫たちが、ボス猫に敬意を表して、クロのために場所を空けた。クロは犬小屋の前に陣取った。

やがて、犬小屋の中からジョンがそろりと歩み出た。ジョンはゆっくりとした動作で、集まった猫たちを見渡す。

「いよいよだ。今晩、私は消える」

ジョンは厳かにそう宣言した。

声にならない声が、ジョンを取り囲む猫たちの間からあがり、クロは黙ってうなずいた。

「寂しくなるよ、ジョン」

チョビが神妙な顔つきで言った。

猫たちは、それぞれ、ジョンに別れの言葉を告げた。この街の猫たちにとって、犬のジョンは生き字引であり、よき相談相手だった。縄張りを管理し、猫と猫の無駄な争いを減らしていた。

ジョンは黙って、濡れた瞳で猫たちとの別れの言葉を聞いていた。

「この場に来られない猫たちも、きっと自分たちの寝床でジョンのことを思っているだろう。ありがとう、ジョン」

クロは最後に猫を代表して、ジョンに礼を述べた。

「ありがとうみんな」

ジョンは感極まった声で、短く礼を述べた。それから、前足で器用に首輪を外した。

「器用だね、ジョン」

チョビが驚いた声をあげた。

「ずいぶん前から、壊れていたんだ」

ジョンがしていた革の首輪は使い込まれて、飴色《あめいろ》に輝いていた。

ジョンは身を震わせると、月光の下に、力強く一歩を踏み出した。

「ねぇジョン、僕はやっぱりジョンが死ぬなんて思えないんだけど……」

チョビがジョンを追いかけながら言った。

「私は死ぬんじゃない。永遠になるんだ」

「永遠って？」

クロもチョビと同じ疑問を持った。

「僕がここで死をさらせば、クロもチョビも、志乃さんも、僕が死んだと分かるだろう。でも、死が見つからなければ、本当に死んだかどうかは誰にも分からない」

「それが永遠？」

「ああ」

ジョンは家を振り返った。一つだけ明かりの点いた窓が見える。そこに志乃がいる。

「志乃さんは俺に任せろ」

クロはそう言って胸を張った。

「任せたよ。クロ」

ジョンは、歩き出した。

人気のない夜の道を、ジョンと猫たちは並んで歩く。

残暑の熱気が夜の闇に残っていて、湿った空気がまとわりつくようだった。それが、猫たちにとっては心地いい。クロは、ジョンから聞いた話を思い出した。猫の祖先は、かつて南国で暮らしていた。そのせいでこんな夜は、何とも言えない郷愁《きょうしゅう》がわき出してくるのだと。

やがて、一匹ずつ猫たちは離れ、自分の縄張りへと戻っていった。

最後までジョンにつきそったのは、クロとチョビの二匹だった。

ジョンが足を止めた。

「最後まで付き合ってくれたクロとチョビに、いいことを教えてやろう」

「いいこと?」

不思議そうにチョビが尋ねた。

「いつか私は、また戻ってくる」

「ホント?」

「ああ。そのとき、私は姿が変わっているかもしれないが、君たちなら私だと分かるはずだ」

ジョンの言うことを、神妙な顔でチョビは聞いている。

「私が戻ってきたときには、クロ、チョビ、君たちの願いを叶えてあげよう」

真面目くさった顔で、ジョンは言った。

「……そんなことができるのか」

クロは訝《いぶか》しげな表情を向ける。

「それじゃあ、僕の願いは……」

チョビの言葉を、ジョンが遮った。

「願いを口に出す必要はない。ただ心の中で願うんだ」

星空の下で、素直にチョビは目を閉じた。

バカバカしい、クロはそう思う。それでも、もしかしたら、という気持ちと一緒に、クロの脳裏には、志乃の姿が思い浮かんでいた。

志乃ばあさんが、幸せになるといい。ジョンが出ていったら悲しむだろうからな、それくらいは願ってやろう。

ジョンがクロとチョビの顔を交互に見て、うむうむとうなずいた。

「その願いを忘れずにいてくれ。強く願っていれば、私などいなくとも、いつか願いは叶うだろう」

クロは、チョビと顔を見合わせて、瞬きをした。

つまり、からかわれているということか。

ジョンはうれしそうに尻尾を振った。

「さっさと行け！」

クロが一喝すると、力強く、ジョンは老犬とは思えないスピードで駆け出していった。

やがて、街の遠くの方で、ジョンの遠吠えが聞こえた。

「死にかけどころか、元気なじいさんじゃねぇか」

クロは憎まれ口を叩いた。

「ねぇクロ」

チョビとの帰り道、チョビはおそるおそるといったふうに口を開いた。

「なんだ」

「クロは何を願ったの」

「何も」

それは嘘だ。

「本当に？」

「お前まさか、あいつの冗談を真に受けてるのか？」

「冗談じゃないよ。ジョンは、大事なことを言うときの顔をしてたもの」

「そんなもんかね……」

「僕が願ったのはね、僕の恋人、彼女が幸せになりますようにって……」

チョビは聞いてもいないのに、願い事を喋りはじめた。

「そういうの口に出して言うのやめろよ」

恥ずかしいヤツだ。だが、そういうことをはきはきと言えてしまうのは、うらやましくもある。

「じゃあまたね、クロ」

チョビは夜の街へと駆け出していった。その彼女のところへ戻るのだろう。

クロはチョビを見送ったまま、しばらく物思いに沈んでいた。

志乃さんは俺に任せろ、か。

あの場のノリで言ってしまったといえばその通りだが、言った以上は責任を持たなければならない。

クロは月光に照らされながら、来た道をゆっくりと戻った。ジョンの犬小屋へと潜り込み、朝を待つことにする。

ジョンの匂《にお》いに包まれて、クロはジョンの夢を見た。

志乃は、自分でも笑ってしまうくらい少女趣味な夢を見た。

流れ星に乗って、星の世界を旅する夢だ。流れ星は本当に星型をしている。着ているものは今と同じだけど、若かった頃の自分に戻っていた。驚くほど身が軽い。

別の流れ星に乗って、誰かがやってきた。

流れ星に乗っていたのは、ジョンだった。宇宙飛行士のような、丸いガラスのヘルメットをかぶっている。

「あらジョン」

志乃は呼びかける。

「やあ、志乃さん」

ジョンは日本語で返事をした。夢の中だけあって、違和感はなかった。

「願い事を言ってくださいよ。流れ星には願い事ですから」

ジョンがウインクして言った。

「それじゃあ、若くしてもらおうかしら」

「十分若いじゃないですか」

確かに、夢の中の自分は少女に戻っていた。

「あら、それもそうね」

「さぁ、他の願いを」

志乃は、とっさに思いついた願い事を口にした。

「じゃあ代わりに朝ご飯を作ってちょうだい」

朝起きたとき、ご飯ができていたら、どれほど幸せだろう。

「お任せあれ」

ジョンは前足で、とん、と自分の胸を叩いた。

ここで、志乃は目が覚めた。

変わった夢を見たせいか、朝から胸騒ぎがした。

もしかして……と思ったけれど、もちろん、どこにも朝食は用意されていない。

「当たり前よね」

一瞬でも期待した自分がおかしくて、志乃は笑ってしまった。

昨日の残り物を利用して、手早く自分とジョンの朝食をこしらえることにする。


美味そうな餌の匂いで、クロは目が覚めた。夜更かししたせいか、朝まで熟睡してしまった。

のそりと、犬小屋から身体を出すと、志乃と目が合った。

「あらまあ」

志乃は目を丸くした。

「志乃さん。申しあげにくいんだが……ジョンは昨夜旅立ったんだ」

クロなりに精一杯説明した。通じるわけもないが、志乃はジョンの首輪を見つけて、何かを感じ取ったようだ。

「せっかくだから、あなた食べていったら」

ジョンの朝食を、クロは独り占めすることができた。若い頃は、いつかジョンの餌を独り占めしてやろうと思ったものだが、争わずに手に入る食事は、どこか味気なかった。

「あなた、うちの子になる？」

せっかくの申し出だが、クロは断ることにした。

「俺は野良だ。誰の猫にもならない」

それが、クロのプライドだ。

朝食を平らげたクロは、志乃の家を後にした。俺にはボス猫の仕事がたくさんある。

次の日も、クロは朝から志乃の様子を見に行くことにした。

俺は人が良過ぎる。だが、ジョンの頼みだから仕方ない。

志乃の家に行くと、頼みもしないのに食事が用意されていた。有り難くいただくことにする。相変わらず、美味い。魚の出汁と鶏肉のハーモニー、クロの好みの味になっていた。

夢中で平らげて、ふと顔をあげると、とてもいい顔をしている志乃が見えた。

彼女が毎日食事を作るのなら、腐らせてしまうわけにもいかない。毎日様子を見に行ってやることにする。

やがて、通うのが面倒になり、クロはジョンの犬小屋で寝ることにした。志乃は何度か、クロを家にあげようとしたが、クロは拒否した。家にあがったら、野良ではなくなってしまう。餌づけはされても、寝る場所はジョンの犬小屋だ。


古い家の縁側で、クロと志乃は並んで座って話をするようになった。

ジョンがいなくなってから、お互い、話し相手が必要だった。

志乃はそっとクロの背中を撫《な》でる。これまで、ヒトに毛皮を触れさせたことのなかったクロは、最初こそ跳びあがりそうになったものの、我慢して撫でられているうちに、これは存外気分のいいものだということが分かってきた。

志乃は、古い家に一人きりで住んでいた。志乃の話は、死人と、ここにいない者の話ばかりだった。


それは、まだ私が活力に満ちていて、美しかった頃の話だ。

夫の父親、義父は、脳の血管が詰まって倒れ、介護が必要になった。

世間を気にして、義母が自宅介護にこだわり、私の夫もそうするべきだと言った。それがどれほど過酷なことか、誰も分かっていなかったし、大金をかけて自宅をリフォームしたせいで、後にも引けなくなっていた。

介護は、する方もされる方も、どちらにも負担がかかる。

会社で人の上に立つ仕事を続け、プライドの高かった義父は、自分の立場を最後まで受け入れることができなかった。あれほど立派だった人物が、少しのストレスで癇癪《かんしゃく》をおこすようになった。呼んだらすぐ来い、からはじまり、食器のあげさげにも難癖《なんくせ》をつけ、怒り、恫喝《どうかつ》し、暴力を振るい、被害妄想の虜《とりこ》となった。

義母はよく耐えたと思う。私も製薬会社の営業職を辞して、義母を手伝うことにした。

当時の上司は、介護施設を利用することを薦め、私に留まってほしいと言ってくれたが、夫がそれを許さなかった。

会社での最終日。

「自分の人生は、自分で使う分を残しておくんだぞ」

上司はそう言ってくれた。その意味が分かったのは、ずっと後になってからのことだ。

想像より長い時間、義父の介護は続いた。

義父が亡くなったとき、義母は手を合わせ「ありがとう」と言った。

そのすぐ後、義母に痴呆《ちほう》の症状が表れた。

当時、夫はもうこの家に寄りつかなかったから、私一人で介護をした。義母は、義父と瓜二つの振る舞いをするようになった。あれほど憎んでいた義父の横暴《おうぼう》と、同じことをした。私は彼女のストレスを一人で受け止めなければならなかったけど、それでも放っておけずに介護を続けた。

もう私は、職場への復帰もできない年齢になっていたし、他の女のところへ通っている夫への意地もあった。

義母は、すべてのストレスを受けつけなくなり、叫び、暴れ、最後は自分が誰かも分からなくなって死んだ。

後に残されたのは、バリアフリーのこの家と、疲れ切った私だけ。

夫との間に、子どもはできなかった。子どもがいたら、また変わったかも知れない。夫は、福祉の仕事をしている。自宅で行われていた介護の最前線を何も知らずに、介護と老人医療について全国を飛び回り、講演を続けている。

「夫が出ていって……。空っぽの家に、私は一人取り残されてしまったの」

寂しげに志乃は笑った。

「ふむ」

クロには分からない世界の話だった。

「時々思うのよ。私の人生は何だったんだろう……って」

志乃はクロのアゴの下をくすぐった。

「あなたはいいわね。自由で」

クロは自由に生きてきた。だから自由には代償《だいしょう》が伴うことをよく知っている。

「寝るところも、あたたかい暖房も、メシもある。俺にはあんたが空っぽだってのがよく分からないな」

そう言うと志乃は目を細めてうれしそうな顔をした。

「ジョンはいなくなっちゃったけど……あなたが来てくれてよかったわ」

やれやれ。甘えたことを言う女だ。クロはすっくと立ちあがった。

俺が、彼女に生き方を教えてやらなければいけない。

「ついてきな」

クロは志乃を伴い、散歩へと出かけた。

猫の生き方はストリートで学ぶものだ。志乃は年を食っているが、何かをはじめるのに、遅すぎるということはない。

礼儀を知らない仔猫に教えるように、クロは辛抱強く、猫の生き方を志乃に教えた。

まずは、飲み水の確保だ。飲んでいい水と、飲んではいけない水。水溜まりの水は汚れているからお腹を壊す。公園の噴水の水は、一見きれいだが、同じ水を循環させているだけなので、これまた腹を壊してしまう。水飲み場の水は安心だ。蛇口から垂《た》れる雫《しずく》を舐《な》めとって、喉の渇きを潤す。

次に、狩りの方法を伝えることにした。獲物を捕らえることができれば、どこでだって生きていける。その上、爽快感もあって面白い。人生に張りが出るはずだ。

「志乃、ここで待て」

クロは、志乃の前で草むらに跳び込み、バッタを捕らえて戻ってきた。まずはこれくらいの獲物からはじめるのがいいだろう。

志乃の前で、ポトリと、バッタを落とす。

「あら上手ねえ」

志乃は、せっかくクロが捕まえてきたバッタを逃がしてしまった。

「ナメた女だ。学ぶ気があるのか！」

クロは説教をするが、志乃は「お前は偉いねぇ」などと言いながら背中を撫でるので、だんだん、どうでもよくなってしまった。

まあいい。少しずつ覚えてくれれば。

クロと志乃の朝散歩が日課となったある日。

どこかで、嗅いだ匂いのする女を見つけた。

「おはよう葵《あおい》ちゃん」

志乃が、その女を葵と呼んだ。

「あ、おはようございます」

クッキーの飼い主、迷子になったクッキーを引き取りに来た女だ。葵は以前に見たときよりも、こざっぱりした格好をしていた。血色もよくなり今の方が美人に見えた。

「今からお仕事？」

「ええ、今日からなんです」

「あら。がんばってね」

「はい。そこの猫ちゃん……飼い猫ですか？　たまにうちに来る猫とそっくり」

「ならそうかも。今は、うちの居候《いそうろう》だけど」

「居候ですかー。よかったなお前〜」

そう言うと、葵はクロの前でしゃがみ込んで、手のひらを見せた。

気になったクロは、思わず匂いを嗅いでしまう。それは罠《わな》だった。葵につかまったクロは、あっという間にひっくり返され、お腹を撫でられた。クロは身をよじって逃げようとしたが、あまりの気持ちよさに、やがて抵抗をやめた。

コイツは猫の扱いに慣れてやがる……。気持ちがいい。

「クッキーは元気か？」

クロは尋ねたが、葵からすれば、うにゃうにゃ言っているようにしか聞こえない。

「うちも猫飼ってるんです。まだ仔猫なんですけど……。この前、勝手に家を跳び出して、母猫に会いに行ったんですよ」

「まぁ、かしこいのね」

「いやいや、俺がクッキーを送り届けてやったんだよ」

クロの言葉はもちろん、人間たちには通じない。

まぁ、いいけどな。

葵と別れて、志乃とクロは家路につくことにした。クロはもう少し、縄張りを見て回りたかったが、志乃はもうくたびれてそうだ。

家に戻ると、庭の方で何か気配を感じた。

「もしかして……ジョンか？　あいつが戻ってきたのか？」

クロは思い切り駆け出す。犬小屋をのぞくがジョンはいない。

誰かが、縁側で寝そべっていた。犬のジョンではなく、人間の若い男だ。くたびれたスーツ姿で、コンビニのビニール袋をさげ、青白い顔をしている。

知らない男だったが、クロは危機感を覚えなかった。この男から、志乃とよく似た匂いがしたからだ。

「もしかして、亮太《りょうた》くん……？」

志乃が声をかけ尋ねると、行き倒れ男が目を開けた。

「おばさん、久しぶり」

寝転がったまま、目を細めて答える。

「おばさん、頼む。電話来ても俺、いないって言って。あと、親父には絶対言わないで」

切羽詰まった口調で、亮太は志乃にすがりついた。

「訳ありってことね。はいはい」

突然の客を、志乃は快く招き入れた。

「久しぶりね。どうしたの」

# 三

俺は野望があったわけでも、高望みがしたかったわけでもない。ただ、当たり前に暮らしたいだけだった。

特別な才能なんかない代わりに、特別な重荷も背負っていない。成績はそれほどよくなかったが、落第《らくだい》を心配するほどじゃない。表彰されて、みんなから褒《ほ》めてもらえるような善いことをしたこともなければ、悪さをして親に殴られるようなこともなかった。

中高とやっていた陸上で、何度か選手には選ばれたことはあっても、県大会を突破できるような成績を残したことはなかった。入院するほどの病気や怪我をしたこともないし、親が離婚をしたとか、すげー借金を背負ってるとか、親友が自殺をしたとか、そういうことも一切ない。

当たり前に生きて、周りと同じように受験して、地元の大学に入った。それなりに毎日を過ごし、いざ就職となったとき、どこにも就職先が見つからなかった。どうやら、この社会は、俺を必要としていないということに、はじめて気がついた。

何が悪かったのか分からない。周りと同じように生きてきただけだ。のぼっていた梯子《はしご》を外されて、宙ぶらりんになってしまったような気がした。

俺が当たり前の暮らしだと思っていたものは、どうやらできるヤツとか、すげー才能を持ったヤツにしか許されていないようなものだった。

みんなと同じようにしていれば、一人前になれると思ったのが悪かったのだろうか。世代とか、景気がどうとか、若者は仕事を選ぶなとかいろんな人が、いろんなことを言った。世の中が悪いと言ってしまえば気は楽になるが、問題は何も解決しない。

途方に暮れていると、親が秋からの就職先を見つけてくれた。いわゆる第二新卒ってやつだ。コネなんてものが、うちの親にあるとは思ってなかったから驚いたが、俺は有り難くその就職先に飛びつかせてもらった。

ＩＴ系の企業だった。俺にはプログラムやコンピューターの経験はなかったが、何でもやるつもりだった。

だが、新人研修で最初にやらされたのはプログラムやコンピューターの使い方ではなく、理由もなく大きな穴を掘らされることだった。自分の身長より深い穴を、他の第二新卒連中と力を合わせて掘った。やたらめったら怒鳴られながら、俺たちは掘り続けた。手のひらに豆ができて潰れるまで掘り続けると、ようやく大きな穴が完成した。

よくやった、と上司に褒められたとき、俺たちはくたびれ切った身体で、涙を流していた。今までにない達成感。この会社に認められたのだと思った。今思えば、それがあいつらの常套《じょうとう》手段だったってことだ。

それから俺は仕事に夢中になった。最低限の研修の後で配属されたプロジェクトは最初から破綻していた、穴を掘っていたときより、くたびれながら、仕事を続けた。

技術より気合いが必要な会社だった。声が大きければ、技術がたいしたことがなくても、なんとかなった。

家に帰れず、客先のそばのホテルに泊まらされるようになって、数ヶ月。ホテルにも戻れなくなったある日。

常駐先の会社の給湯室で、いつも通り買い置きのカップラーメンを作ろうとして、作り方が分からなくなっていることに気づいた。

自分でも何を言っているか分からない。

だが、スープとかかやくとかたくさんの小袋を、どういう順番で開けて、どうやってカップの中に入れればいいのか、分からなくなってしまった。どんなに説明文を読んでも理解できなくなっていた。

ふと、気づいて背筋が冷たくなった。

俺は、壊れかけている。薄暗い給湯室の、ポットのところに作りかけのラーメンを置き、他の人に見つからないように、非常階段から外に出た。

腕時計は六時を指していたが、コンピューターのモニターを見続けたせいか、やけに周りが黄色く見えた。オフィス街は人通りも少なく、まるで別世界に迷い込んだみたいだ。駅に着いてようやく、今が夜の六時ではなく、朝の六時なのだと気がついた。目についた電車に乗り、空いた座席に座り、眠り続けた。携帯はどこかに忘れてきた。無意識のうちに捨てたのかも知れない。

人が大勢乗り込んできて、目が覚めた。そのとき、ここで乗り換えればおばさんの家に行けることに気がついた。

もう、何年も会っていないが、おばさんには、ずいぶんとかわいがってもらった。ただ会いたかった。自分を認めてくれる人に。

亮太《りょうた》は、朝も昼も眠り続けた。

まるで猫みたいなやつだと、クロは思った。

「私の甥《おい》っ子よ」

志乃《しの》は、クロに亮太をそう紹介した。志乃の兄、太助《たすけ》の息子、ということらしい。

志乃は、この日から食事を二人分（とクロの分）作るようになり、すぐ出ていこうとする亮太を引き留め続けた。

「オヤジのコネで無理矢理入った会社だからさ、面子つぶしちゃって、家には帰れないんだ」

ぽつりぽつりと、亮太は自分の身に起こったことを話し、ひどい会社もあるもんだ、と志乃は憤慨《ふんがい》した。亮太の話は、クロの想像を越えていたが、それでも、大変な場所から逃げ出してきたらしいということは分かった。

「好きなだけ、ここにいていいから」

亮太はゆっくりと回復していった。志乃は喜んだが、クロにとっては厄介だった。やれやれ。こいつが元気になるということは、面倒を見なければならない相手が、増えるということだ。

クロに向けて、紐をちらつかせるという失礼な態度を取る亮太から、クロは容赦《ようしゃ》なく紐を奪い、どちらが先輩であるかを教えてやった。

志乃は根っから、世話を焼くのが好きなのだろう。以前より元気になった気がする。夏いっぱいかけて、亮太は出歩いたり、家事の手伝いをできるくらい元気になった。

「お前は自由でいいよな」

ふらりとやってきて、餌を食べるクロを見て、亮太は目を細めた。

「オマエらヒトの方がよほど自由だろ?」

ヒトは、猫と違って、何だって食べれるし、どこにだって行ける。

亮太がクロを構おうとする度に、クロは亮太にパンチをお見舞いしているのだが、亮太はこりない。いつまで経ってもクロをつかまえて、毛皮を撫でようとする。

クロが、いつものように、亮太の腕から逃げ出すと、チョビがやってくるのが見えた。

「ヒトに撫でられるのは気持ちいいのに」

チョビはそんなことを言う。

「なら、お前が撫でられてこい」

そういっても、決してチョビは飼い主以外に身を触らせようとしない。

「彼は真面目だね」

チョビは亮太のことをそう評した。

その日、志乃に言われて、亮太は庭の草むしりをしていた。あちこちに抜かれた草が山になっている。

「どんくさいヤツにも取り柄くらいあるってことだ」

クロとチョビは、並んで亮太を見ていた。

「真面目過ぎるヒトは、人のせいにできないから、自分を責めて苦しんでしまうんだ」

チョビは猫として見れば腰抜けだが、人間のことは詳しい。クロはそう思った。

「そいつは苦労するな」

そう言って、クロはふと気づいた。

「お前の飼い主も、そうなのか」

「うん。よく似てる」

少し寂しそうに、チョビは言った。

志乃は、人にものを教えることが、存外愉快なものだということを知った。

これまで、誰かにものを教える機会はなく、聞かれたこともなかった。

家事一つとはいえ、亮太が成長するのを見るのは楽しい。

息子がいたら、こんな感じかも知れない。そんなことを思えば、日頃の暮らしにも張りが出る。

亮太ははじめ、ほとんど家事を知らなかった。米の炊き方、ガラス戸の拭き方、志乃は根気よく、亮太に家事を仕込んだ。

志乃にとって、亮太は教え甲斐のある生徒だった。

三ヶ月も経つと、互いに遠慮もなくなり軽口が言い合えるようになってきた。

誰かと一緒に食卓を囲み、一日の何気ない話をすることが、これほど楽しいなんて、志乃は、長らく忘れていた。


そして、恐れていた日が来た。

朝早く家のチャイムが鳴り響いた。暴力的に何度もボタンが押される。

「亮太！　いるのは分かっているぞ」

志乃の兄、太助の声がした。

「親父だ……」

朝食の準備をしていた、亮太の手が止まった。顔色が真っ白になっている。

「大丈夫よ」

志乃は息を一つ吸ってコンロの火を止めた。台所にあがり込んで、朝食を待っていたクロが、のそりと起きあがる。志乃は、クロと顔を見合わせる。

「いっちょ、やってやろうぜ」

クロの顔に、そう書いてある気がした。

戦いのはじまりだ。

玄関の戸のガラスの向こうに、複数の人影が見えた。

大の大人が、数を傘に、年寄りを脅すなんて。

志乃の身の奥から、数年ぶりに熱いものが込みあげてきた。夫が出ていったときにも感じたことのない感情。志乃は怒っていた。志乃の怒りが伝染したように、クロは尾をあげた。

そうよクロ、これは縄張りを守るための戦いなのよ。

「亮太！　出てこい」

太助が、荒々しく戸を叩く。その音に臆することなく、志乃は戸を開けた。黒いスーツの男たちを引き連れた太助がいた。

「太助兄さん。久しぶりね」

志乃の声は静かで、落ち着いていた。

「志乃。亮太はどこだ」

「お引き取りください」

志乃の拒絶を聞いた途端《とたん》、太助の形相《ぎょうそう》が変わった。

「いいから、息子を出せ」

「礼儀知らずなところは変わってないのね」

「親父、やめてくれよ！」

亮太が出てきた。

あなたが出てきたら台なしじゃない……。

久しぶりに自分の息子の顔を見た太助は調子づいてしまった。

「亮太。よくも私の顔に泥を塗ってくれたな」

「うぅ……」

威勢よく出たものの、自分の父親を見て、亮太は意気消沈した。

「兄さんの面子と息子の命、どちらが大切なの」

志乃の声はあくまで穏やかだ。

「大袈裟《おおげさ》なことを言うな！」

太助は、苛立ちを隠そうともしない。

「何が大袈裟なものですか」

ふぅ、と志乃は息をつき、兄の目を見据えた。

「お引き取りください」

はっきり告げると、太助の目に困惑の色が浮かんだ。志乃が実家を出て、ずいぶん経つ。

志乃はもう、太助の知っている弱くて優柔不断な妹ではない。

太助が連れてきた男が、志乃の腕をつかんだ。

シャァーッ！

地の底から響くような声が、大気を震わせた。クロの威嚇《いかく》。裂帛《れっぱく》の気合いを込めた、野生のうなり声だった。

思いがけず、太助と黒スーツたちは後ずさった。

「お笑いです」

志乃は男の手を振り払って言った。

「雁首《がんくび》そろえた大の大人が、猫一匹に怯《ひる》むなんて」

太助は、目に見えて狼狽《ろうばい》していた。

「……息子をどうするつもりだ」

「どうもしないわ。待つだけよ」

志乃は、太助とにらみ合う。視線を先にそらしたのは、太助の方だった。

「また来るからな」

「次は通報するから」

去っていく太助の背中に、志乃は言葉をかけた。

太助と男たちが去り、亮太は志乃に頭をさげた。

「おばさん、俺……ありがとう……」

ほとんど涙声になっている。

そんな亮太に、クロは力強いパンチを繰り出した。

しっかりしろ。クロがそう言っているように思えた。

「さあ、朝ご飯にしましょう」

つとめて明るく、志乃は言った。それからゆっくりと、握っていた拳《こぶし》をほどく。志乃の手は、真っ白になるほど固く握りしめられていた。

# 四

季節は巡って、冬になった。

クロは普段より早くに目が覚めた。

寝ている志乃《しの》の腹を踏みつけて、クロはトイレに向かった。

うぅーん、と志乃がうめく。

夜明け前のほのかな明るさは狩りに出かけるのに最適だが、この寒さではさすがにその気になれない。

トイレの置いてある洗面所は、寒いが、外に比べれば断然マシだ。そう考えて、クロは頭を振る。

いかんいかん。これじゃまるで飼い猫の考え方だ。毛布で寝るのは。冬の間だけ……。

冬の寒さが続く間、クロは志乃の家に厄介になっていた。居候を二人も抱えて、志乃はなんだかんだと忙しくしている。

志乃はやたらとクロを洗いたがるため、最初は逃げ回っていたが、卑怯《ひきょう》にも寝入りばなを襲われ、お湯にぶちこまれるハメになった。まあ、慣れてみれば、湯につかるというのは、気持ちのいい風習だ。ヒトだけに独占させておくのはもったいない。

用を足し、白い猫砂を後ろ足で蹴る。このトイレというのもなかなか快適だ。

台所から、明かりが漏れている。近頃、朝食を作るのは亮太《りょうた》の役目になった。最初はしょっぱくてひどいものしか作れなかったが、近頃はまぁ、マシなものを作っている。

志乃は早起きから解放されて、こんなにうれしいことはないと言っていた。

寝床に戻ろうとしたとき、ふと、懐かしい気配を感じた。

この気配は、確か、前にも覚えがある。

「ジョン」

懐かしい名前が口をついて出た。薄情にも、近頃はほとんど思い出すことがなくなっていた。

「ジョンー！」

大きな声で、クロは鳴いた。

クロは猫用のドアから表に出る。冬の朝の切りつけるような寒さにも怯むことなく、クロは外を駆け回った。

雲が低い。雲の底から、ひとひらの白い欠片が落ちてきた。

雪だ。

そういえば、ジョンは雪が好きだった。

「ジョン！　いるのか！」

ジョンを呼びながら、ぐるぐると庭を回る。

「どうしたクロ。さみぃだろ」

厚着をした亮太が台所からやってきた。

「見ろ、亮太」

クロは空を見あげた。

「お、雪か」

亮太も上を向く。

「こんな日は、あいつが帰ってくるかも知れない」

クロは駆け出した。

「おい、どこ行くんだ。メシもまだだってのに」

クロは朝の冴えきった空気の中を、思い切り走る。大きな粒の雪が降り出してきた。

「クロ、待てってば！」

バタバタという大袈裟な足音がして、亮太が追いかけてくるのが分かった。

「来い、亮太。願いが叶うかもしれないぞ」

縄張りも気にせず、思い切りクロは走る。坂道を駆けあがり、ガードレールから、塀へ跳び移る。塀から自動販売機を蹴って、別の塀へ。上へ、高い場所へ。縄張りも何も関係ない。

ジョンが、呼んでいるような気がした。

強い風が、雪を運んできた。

クロは四本の足で、アスファルトを蹴って走る。

「ジョン！」

ジョンを呼ぶ猫の声が、坂道をあがってきた。チョビだ。

「チョビ！」

チョビとクロは並んで走り出した。朝の電車が動き出す。高架《こうか》から電車の大きな走行音が聞こえてきた。

その音に、元気づけられて、チョビとクロは並んで走った。坂の上を目指して。

ミミの住む木造アパートが見えてきた。ミミと麗奈《れいな》の部屋には明かりが点いている。麗奈が夜通し絵を描いていたのかもしれない。

雪を追いかけて走る。下り坂になった。神社の中を突っ切って、建売住宅の並ぶ通りを走る。前へ、前へ。

クッキーと葵《あおい》の家の前を通り過ぎた、家の郵便受けが新しくなっていた。マーブル模様の猫の絵がついている。クッキーらしい。

「クッキーの絵だ！」

チョビが叫んだ。言われなくても分かってる。

クロとチョビは走った。ジョンの気配はますます近づいてくる。小高い丘にはりついた、急な階段が見えてきた。

「これをのぼるのかよ〜」

後ろから、亮太の情けない声が聞こえる。

「ジョン！」

クロは叫んだ。

「すぐそこだよ！」

チョビも感じている。ひたすら階段をのぼり、やがて街で一番高い場所に来た。丘の上の小さな公園の小さなベンチ。

雪の粒はますます大きく、数も増えていた。

通過する電車が見える。

「こりゃ積もるな……」

「積もるね」

チョビとクロは並んで、しばらく電車を眺めていた。眼下に、ようやく眠りから覚めようとする街が広がっていた。街が鼓動《こどう》をはじめる。

大きく肩で息をしながら、亮太が追いついてきた。

「クロ……どこ行くんだよ」

息も絶え絶えだ。若いのにだらしない。

亮太と逆の方向をチョビが見た。女の足音が聞こえる。

「チョビ！」

大きなコートを着こんだ、ショートカットの女が現れた。膨らんだ姿が大きな猫みたいだ、とクロは思った。

「僕のコイビトだよ」

誇らしげにチョビは言った。

彼女は、亮太を見て、驚いた顔を見せる。まさか、自分の他にヒトがいるとは思ってなかったのだろう。

「あ、俺こいつの飼い主で……」

亮太もしどろもどろだ。

「俺の飼い主は志乃で、俺は彼女の猫だ。お前の猫じゃない」

クロは不平を言うが、亮太は取り合ってくれない。チョビの飼い主に目を奪われている。

彼女はチョビに手を伸ばした。慣れた様子で、チョビは彼女の胸に跳び込む。

「チョビが跳び出していって、びっくりしました」

「いや、うちもクロが……あはは」

亮太はしまりのない笑い声をあげた。

二人が見つめ合う。

「冬になって、はじめての雪ですね」

ようやく、女の方がそう言って、亮太はうれしそうに返事をした。


気がつけば、ジョンの気配は消えていた。

クロはぶるっと身を震わせる。

「クロ、僕の願いは、叶ったかも知れないよ」

「何だって？」

チョビが見あげた彼女の顔は、輝いて見えた。

その表情はどことなく、最近の志乃を思わせる。

クロもようやく、気づいた。

そうだ、俺の願いなんてとっくに叶っていたじゃないか。

同時に、もうジョンには会えないだろうとクロは悟った。
ありがとう。友よ。
クロは雪雲の向こうへつぶやいた。

# エピローグ

長い、長い冬が終わって、桜の季節がやってきた。

私は、ケージに入ったチョビを抱え、川沿いの桜並木の下を歩いていた。薄桃色の花びらが、大気を煙らせる。

いちめんに舞う桜の花びらが、いつもは目に見えない大気の動きを教えてくれた。

「人の気持ちは目に見えないから仕方ないじゃん」

私の隣を歩いている人が、そう言ってくれたことがある。その一言で、私はずいぶんと楽になった。

これまで私は、人の気持ちが分からないのは自分が悪いのだと思い込んでいた。みんなが見えているものが、見えていないせいで、私は周りを傷つけてしまう。

自分の本当の気持ちだって分からない。本当は気づいていたのに、気づかない振りをしてたのかもしれないなんて、考え過ぎだ。

それを、教えてくれた人がいる。

チョビのおかげで、その人に出会えた。

向かい風が、桜の花びらを運んできた。

「きれいだね、チョビ」

ケージの中のチョビに話しかけると、チョビはにゃあ、と鳴く。

あの雪の朝の公園ではじめて出会ってからその人とは時々会って話をするようになった。

ゆっくりと、お互いのことを知っていければいいな、と私は思う。

あの雨の日、私は傲慢《ごうまん》にも、チョビを救ったのだと思っていた。

救われたのは、私の方だった。


「おーい、ミミ、おりてこーい」

本棚のてっぺんで威嚇《いかく》するミミに、雅人《まさと》が呼びかけた。

ミミの脚の怪我もよくなって、今ではどこでも走り回れるようになった。

「遊んでないで、さっさと荷造り終わらせてよ」

私は、食器を新聞紙で包みながら声をかける。

「あのさ、麗奈《れいな》。一応、俺先輩なんだけど……」

そう言いながらも、雅人は律儀に雑誌を紐で縛りはじめる。

私はなんとか受験を乗り越え、雅人と同じ美大に、一年遅れで入学することになった。

実家から通うことになって、このアパートともお別れだ。

「へぇ、こういう漫画読むんだ。意外」

四コマ漫画の月刊誌を、縛りながら雅人が言った。

「友達が描いてるから」

「プロ漫画家が友達？　すげーじゃん！」

クッキーの飼い主の葵《あおい》さん。仕事をしながら最近、猫の四コマ漫画の連載をはじめた。

クッキーと一緒に、ミミのお見舞いに来てもらってから、すっかり仲良くなった。たまにクッキーと一緒に遊びに来る。クッキーも一歳をすぎてすっかり一人前のレディだ。

開けっ放しの窓から、風に乗って、ふわりと桜の花びらが入ってきた。

なんだか、センチメンタルな気持ちが込みあげてきた。

ここから私も新しい世界へ踏み出していくんだ。


僕は彼女の部屋で、彼女と並んで濃い群青色の空を眺めていた。

風がうなり、薄い雲がすごい速度で流れていく。

彼女の細い指先が、僕の毛皮に触れた。

「ねぇチョビ」

彼女が言った。

「なあに」

僕はそう答える。

彼女は何も口にしないけれど、僕には彼女の心が伝わってくる。

僕も彼女と同じ気持ちになる。


この世界が、好きだ。

僕は、はっきりとそう思った。

彼女がふと、笑った。輝くような、彼女の笑顔を僕は見あげる。

僕の考えたことは、彼女にも伝わっている。

彼女もたぶん、この世界が好きなんだと思う。

原作　新海誠（しんかい・まこと）

1973年長野県生まれ。アニメーション監督。ゲーム会社に勤める傍ら、自主制作アニメーション『彼女と彼女の猫』などを製作。02年に発表した『ほしのこえ』で、新世紀東京国際アニメフェア21「公募部門優秀賞」をはじめとする数々の賞を受賞する。04年公開の『雲のむこう、約束の場所』で第59回毎日映画コンクール「アニメーション映画賞」を受賞。07年公開の『秒速5センチメートル』、11年公開の『星を追う子ども』でも多くの賞を受賞し、次世代の監督として、国内外の高い評価と支持を得る。最新作は13年5月公開の『言の葉の庭』。

著者　永川成基（ながかわ・なるき）

1974年愛知県生まれ。作家。脚本家。ゲームシナリオライター。小説から、アニメーションの脚本、テレビゲームのシナリオまで、媒体とジャンルを問わず、幅広い分野の作品を手がける。代表作は『超速変形ジャイロゼッター』『プリンス・オブ・ストライド』『ScaredRiderXechs』。これまで一緒に暮らした猫はアスカ、クッキー、レイの三匹。有名アニメの登場人物名とかぶっているのは偶然です。

# 彼女と彼女の猫

発行日　2013年6月21日　初版
　　　　2017年3月7日　第4刷　発行

原　作　新海誠

著　者　永川成基

発行人　坪井義哉

発行所　株式会社カンゼン
〒101-0021　東京都千代田区外神田2-7-1開花ビル
TEL 03（5295）7723　FAX 03（5295）7725
http://www.kanzen.jp/
郵便為替00150-7-130339

印刷・製本　株式会社シナノ


ISBN 978-4-86255-182-5
Printed in Japan
定価はカバーに表示してあります。
●本書に関するご意見、ご感想に関しましては、kanso@kanzen.jpまで
Eメールにてお寄せ下さい。お待ちしております。

装　画　新海誠
装　丁　松浦竜矢
編　集　高橋ちひろ（カンゼン）